LA MÉNAGERIE DE VERSAILLES

Frédéric Richaud est né en 1966. Il est l'auteur de plusieurs romans, tous publiés chez Grasset : *Monsieur le jardinier* (1999), *La Passe au diable* (2002), *La Ménagerie de Versailles* (2006) et *Jean-Jacques* (2008).

Paru dans Le Livre de Poche :

MONSIEUR LE JARDINIER

FRÉDÉRIC RICHAUD

La Ménagerie de Versailles

ROMAN

GRASSET

L'auteur remercie
le Centre National du Livre pour son soutien.

ISBN : 978-2-253-12246-3 – 1re publication LGF

« Il y eut ainsi à Rome, voilà longtemps, un grand nombre d'éléphants que l'on dressait à prendre des postures périlleuses et à décrire des figures compliquées ; l'un d'eux, le moins doué, se faisait régulièrement traiter de tous les noms et récoltait des punitions : une nuit, on le vit qui repassait ses leçons et s'exerçait, tout seul, au clair de la lune. »

PLUTARQUE,
L'Intelligence des animaux.

I

Comme la plupart des courtisans qui hantèrent les couloirs du Louvre et de Versailles à la fin du XVIIe siècle, le marquis Charles de Dunan ne travaillait qu'à s'attirer les faveurs du Roi.

Tandis que certains s'y essayaient en lui faisant des révérences, d'autres en lui proposant leur fille voire leur épouse, il s'était mis en tête d'y parvenir en s'appropriant ses passions. Pénétrer ses goûts, pensait-il, c'était pénétrer son âme et finir un jour par s'y installer.

C'est ainsi qu'il s'était enflammé pour le billard, découvert un intérêt inattendu pour les jets d'eau et les fontaines, enthousiasmé pour le jardinage, la chasse, la danse et les pièces de Racine, mais le Roi continuait à ne pas le voir.

Ces échecs ne le décourageaient pas. « L'heure viendra », répétait-il à Fournier et à Vasseur, ses domestiques, qui s'inquiétaient de voir leur maître consacrer tant d'argent et d'énergie à courir après la gloire, quand son hôtel particulier réclamait des travaux urgents.

Faute d'entretien, cette vaste demeure de la rue des Fauvettes prenait peu à peu des allures de Malebolge : les murs se lézardaient, les bois se recouvraient d'une sorte de croûte moisie. Dans la cour, un arbre avait poussé son tronc contre le mur d'enceinte qui avait fini par gonfler comme un ventre.

Toujours est-il que, lorsque Sa Majesté s'était prise d'intérêt pour les curiosités de la nature vivante, le marquis y avait vu une nouvelle chance.

Il avait été l'un des premiers à aller visiter la ménagerie que le Roi avait fait construire à quelques lieues de son palais de Versailles. C'était un petit pavillon octogonal chapeauté d'un dôme et ceinturé de huit cours gazonnées, chacune munie d'une loge.

Durant des heures, il s'était promené dans un univers rempli de pélicans, de cacatoès, de canards de Barbarie, de béchahours et de demoiselles de Numidie. Il en était sorti crotté et fourbu mais convaincu que sa gloire et sa fortune seraient faites s'il augmentait cette étrange collection.

A peine rentré à Paris, il avait couru les foires du Royaume à la recherche d'animaux exotiques, acheté – et lu – quantité d'ouvrages qui traitaient du sujet.

Malheureusement pour le marquis, les spécimens intéressants étaient rares et chers. A force de graviter autour du Soleil, sa fortune autrefois opulente avait fondu.

Il s'était alors lancé dans ce qu'il appelait « la diplomatie », à cette nuance près qu'il n'usait de cette science qu'auprès de dames dont la richesse l'emportait sur la jeunesse et la beauté. Lui-même n'était plus un jeune homme, mais il avait gardé un visage assez agréable malgré un nez un peu long et noirâtre à force de toujours priser.

Ses expéditions connaissaient des fortunes diverses. Tantôt ses conquêtes montraient plus de facilité à dénouer les lanières de leur corsage que les cordons de leur bourse. Tantôt il rentrait chez lui noir de la tête aux pieds parce qu'il avait dû trouver refuge dans le conduit d'une cheminée afin d'échapper à un époux rentré de voyage. Tantôt sa verge se couvrait de pustules pendant une semaine. Tantôt enfin, il revenait avec de la nourriture : un jambon, des fruits ou des légumes, des bouteilles de vin de Champagne. Ces soirs-là, lui et ses domestiques faisaient ripaille. La plupart du temps, les trois hommes dînaient et soupaient maigre.

Bref, au moment où débute ce récit, la bourse du marquis peinait à se remplir, les honneurs tardaient, la cheminée de son salon venait de s'écrouler et l'hiver approchait.

***

Tandis que le marquis faisait tout pour se tenir au plus près du Soleil, un autre homme, au même instant, faisait tout pour rester dans l'ombre. Michel Daubignan se consacrait en effet à une étrange passion dont il craignait qu'elle lui attire les bûchers des hommes : l'empaillage. A son fils Jean dont il avait fait son assistant, il répétait :

« Les gens ne comprendraient pas le sens de mon œuvre. Ils ne verraient dans mes manipulations que des opérations démoniaques. Ah, esprits faibles qui confondez le diable et la connaissance, Dieu et l'ignorance ! On me pousse aujourd'hui à me taire. Mais le jour viendra où l'esprit parlera, où les hommes, enfin libres de connaître, perceront par-delà le secret des étoiles, jusqu'au mystère de Dieu. »

Il passait ses jours et ses nuits dans une cave humide au milieu de cadavres de poules, de rats, d'oies et de canards.

Empailler lui procurait d'intenses plaisirs. Le profane y verra peut-être une activité morbide. Car il s'agit tout de même d'inciser la peau d'un cadavre, d'extraire ses entrailles et de lui briser les os avant de le remplir de paille, de foin ou de sciure de bois. Le père Daubignan n'avait aucun penchant pour le macabre. Ce n'était pas la mort qui l'intéressait, mais la vie que ses mains parvenaient à reconstruire.

Malheureusement pour lui, ses techniques de tannage manquaient de perfection. Au bout de quelques semaines, il était fréquent que la peau de ses mammifères se putréfie ou se couvre de vermine.

Ces résultats, loin de le décourager, le poussaient à chercher davantage. Penché sur sa table de travail, il se livrait durant des heures à des préparations de poudres ou de liquides. Il en revenait, toussant, les yeux rougis et les mains marquées de crevasses profondes.

Daubignan perdait d'autant moins l'espoir qu'il avait lu un jour, dans une gazette, qu'une chapelle de Palerme gardait alignés contre ses murs les corps pétrifiés de certains de ses moines. « Certainement l'atmosphère possède-t-elle là-bas quelque particularité asséchante ; peut-être la pierre sur laquelle sont disposés les corps détient-elle une vertu conservatrice ! »

Combien de fois parla-t-il d'aller à Palerme, de plonger dans l'ombre de cette chapelle, armé de son seul savoir, pour n'en ressortir qu'au bout de longues semaines avec, dans les mains, la substance philosophale qu'il avait dérobée aux ténèbres et qui, désormais, allait assurer la pérennité de ses peaux et le repos de son âme ?

En attendant, ses animaux continuaient de se putréfier. Il lui fallut se résoudre à aller, de nuit, jeter à la Seine ses spécimens les plus abîmés.

C'est au cours de l'un de ces périples qu'il fit la connaissance du marquis de Dunan.

*
**

Tandis que Daubignan arpentait des ruelles sombres le cœur battant et un sac puant sur le dos, le marquis rentrait chez lui en carrosse, passablement dépité d'un rendez-vous qu'il avait eu avec l'une de ses maîtresses. Alors qu'il s'apprêtait à pénétrer dans la chambre de la dame, il avait entendu un bruit. Un bruit d'une telle nature qu'il n'avait pu s'empêcher de coller son œil à la serrure. Stupeur ! Il avait vu sa maîtresse en train de caresser son mari et de lui prodiguer tout ce qu'on accorde d'ordinaire à un amant ! Un mari, bon Dieu ! Un rival domestique ! Son sang n'avait fait qu'un tour. Il était sorti de chez cette femme tout pénétré d'indignation et de mépris.

Il méditait sur la façon dont il allait rapporter sa mésaventure à la Cour le lendemain quand, derrière la vitre embuée de son carrosse, il vit plusieurs hommes rouer un autre de coups et essayer de lui arracher son sac. Le marquis fit aussitôt arrêter sa voiture, envoya Fournier s'interposer tandis que lui-même essayait d'effrayer les mauvais garçons en contrefaisant plusieurs voix, comme si une troupe de gens d'armes approchait.

Le théâtre l'emporta-t-il sur l'action ? L'action sur le théâtre ? Toujours est-il que les bandits prirent, en plus du sac, leurs jambes à leur cou.

Certains diront que c'est la pitié qui poussa le marquis à faire monter Daubignan dans son carrosse et à l'emmener chez lui, rue des Fauvettes. D'autres, qui le connaissent mieux, affirmeront qu'il ne fut animé que par l'idée d'augmenter son premier récit d'un autre plus spectaculaire. Quoi qu'il en soit, durant la nuit, cette rencontre improbable se transforma en amitié intéressée. Les deux hommes se remirent de leurs mésaventures à grands coups de liqueur. L'alcool délia les langues. Lorsque le jour se leva, le marquis se réjouissait d'avoir trouvé l'homme dont la science extraordinaire allait lui faire conquérir à moindres frais les grâces du Roi, et Daubignan, le mécène qui allait lui permettre, en lui fournissant ses sujets d'expérience, de perfectionner son art.

II

Désormais, il ne fut plus une semaine sans que le marquis fasse descendre dans la cave des Daubignan les cadavres des animaux exotiques que les différents sérails du Royaume mettaient à la disposition des naturalistes. Le marquis n'était pas un scientifique, mais, comme il se plaisait à le dire à ses nouveaux amis : « Une petite bourse vaut souvent mieux qu'un grand diplôme. »

Peu à peu, les canards, les poules et les pigeons laissèrent leur place à des hérons bihoreaux, des oies cendrées, des canards de Barbarie, des demoiselles de Numidie.

*
**

Il arrivait parfois que le marquis descende dans la cave des Daubignan en même temps que ses créatures. Tandis que ses ouvriers ouvraient des ventres ou travaillaient à l'élaboration de leur poudre de pétrification, il se bourrait le nez de tabac et emplissait l'espace de descriptions du Louvre ou de Versailles. Il avait vu le grand canal se peupler de bateaux, une forêt entière laisser sa place à un petit château d'une rare délicatesse. « Vraiment, Daubignan ! Vous devriez accepter de m'accompagner là-bas, ne serait-ce qu'une fois, disait-il. Vous qui ne jurez que par le génie des hommes, vous verriez ce que celui d'un seul est capable de faire ! »

D'autres fois, il décrivait sa vie à la Cour. « Le Roi est de très bonne humeur en ce moment. Il est passé devant nous ce matin, tout sourire. Il a même adressé la parole à monsieur Daubussin qui, pourtant, ne le mérite pas. Ce monsieur se montre quand cela lui plaît, disparaît quand il en a assez, néglige une invitation à souper... Sa Majesté doit avoir ses raisons... Elle a fait un signe de tête à monsieur de Bassancourt et m'a gratifié d'un regard que je qualifierais d'amical. J'ose espérer que d'ici quelques semaines, Elle me permettra d'assister à son réveil. »

***

Si Daubignan père restait sourd aux appels du marquis, son fils, lui, n'en perdait pas une miette. Ce monde l'attirait comme une lampe un moustique. Chaque fois que le marquis parlait, le plafond de la cave s'éloignait d'où tombaient des lustres scintillants ; les murs se couvraient de marbre et de tableaux ; l'espace résonnait de voix et de musiques. Durant des heures, il rêvait de ces hommes et de ces femmes habillés d'or et de soie qui passaient devant des fontaines ruisselantes ou se perdaient dans d'immenses labyrinthes végétaux.

Et puis le marquis regardait la pendule. « Mon Dieu ! Déjà ? » Ses pas résonnaient dans l'escalier. Les lustres s'éteignaient. Les murs retombaient en lambeaux. En haut, la porte d'entrée se refermait comme un couvercle sur une tombe.

⁂

La dépouille la plus étonnante que le marquis leur fit parvenir un jour fut celle d'un gorille. Il l'avait trouvée à la foire de Saint-Germain-en-Laye, célèbre dans tout le Royaume pour ses présentations de monstres. Qui se rendait là-bas en repartait généralement autant horrifié qu'ébloui. Il faut dire que les bêtes les plus étranges y côtoyaient les êtres les plus étonnants : agneaux bicéphales, moutons siamois, femmes à barbe, nains bossus se disputaient les faveurs du public. Pour quelques louis, on pouvait toucher la peau de la femme-lézard, admirer mademoiselle Cruel lever quatre cents livres avec ses cheveux ou discuter avec l'homme qui avait passé trente et un ans dans le ventre de sa mère.

Le cadavre lui avait coûté une petite fortune. Pour qui se plaît aux opérations de change, disons qu'elle lui avait valu l'équivalent de quatre nuits avec madame de Mornas.

⁂

Le premier émoi passé, les Daubignan travaillèrent jour et nuit à la pétrification de l'animal. Ils l'ouvrirent, le débarrassèrent de ses entrailles, lui brisèrent les os, le plongèrent dans un bain d'écorces de grenade, de pépins de pomme concassés, de poudre, de sel, puis ils le bourrèrent de paille et de tiges de bois.

Lorsque le marquis reçut le singe chez lui, quelques semaines plus tard, il faillit tomber à la renverse. Ignorant tout du maintien de l'animal alors qu'il était en vie, les Daubignan lui avaient fait prendre, dans la mort, une pose extraordinaire. Ils l'avaient assis sur un tabouret, le menton dans l'un de ses poings. Il ressemblait au philosophe qui, penché sur le rebord du monde, s'interroge sur la nature des choses.

Nul doute qu'avec de telles pièces, ce n'est pas seulement à son lever que le Roi lui permettrait d'assister. Il lui accorderait aussi le privilège de le voir sur sa chaise percée.

⁂

Un jour, avant de quitter la cave, le marquis expliqua aux Daubignan qu'ils ne le reverraient pas avant longtemps. « Je pars demain pour Chambord où Sa Majesté désire se consacrer à la chasse. J'ignore quand je rentrerai. Vasseur m'accompagne mais Fournier reste à Paris où il continuera de vous chercher des bêtes. »

Si le fils Daubignan s'affligea de ce départ précipité, le père ne le remarqua même pas. Il venait de mettre au point une poudre de pétrification qui, à condition d'être appliquée régulièrement, permettait de prévenir de trop rapides altérations du derme.

« Avez-vous bien pris note des quantités, Jean ?

— Cinq litres d'eau pour une livre d'alun et une demie de sel, cinq clous de girofle, trois livres de salpêtre et trente-huit mesures de soufre.

— Bien ! très bien ! » Il pleurait, toussait. « Ah, mon fils, mon fils ! Nous toucherons bientôt au terme de notre quête ! »

III

Le voyage jusqu'à Chambord avait été épouvantable. La troupe des courtisans n'avait connu que pluie, vent et brouillard. Les routes n'avaient été que boue. Nombre de carrosses s'étaient enlisés, bloquant durant des heures l'interminable convoi.

Ce qui avait surtout impressionné le marquis, ç'avaient été les villages de planches et de chaume qu'ils avaient traversés, et leurs habitants, comme des bêtes. Il lui arriva souvent de louer la providence qui l'avait fait naître en de meilleurs séjours. Pour comble, à cause d'une digue rompue, la caravane avait dû faire halte dans un village qui ne comptait pas parmi les étapes désignées. Le tapage qu'il s'était fait alors ! Apercevant le carrosse rouge de Sa Majesté, les villageois, malgré la pluie, s'étaient pressés autour de lui aux cris de « Vive le Roi ! », avaient bousculé les chevaux et les mousquetaires qui avaient dû les menacer de leurs fusils et de leurs épées pour qu'ils restent à bonne distance. Le marquis avait lui-même dû faire usage de sa canne pour éloigner des individus qui serraient sa voiture d'un peu trop près.

Le Roi et la Reine avaient trouvé à loger au château du comte de Guissény. Le marquis, quant à lui, avait réussi non sans mal à louer, en une auberge où sifflaient tous les vents, une chambre minuscule où, dévoré par les punaises, il avait peiné à s'endormir.

*
**

Le lendemain, ils avaient trouvé, au milieu d'une terre déjà prête pour l'hiver, un château glacial et humide.

Il fallait plus d'une heure pour allumer une cheminée tant le bois était mouillé. Les vêtements étaient trempés. Les matelas et les couvertures aussi.

Toute la journée, le palais résonna d'un grand bruit de dents qui claquent.

Il en fallait plus pour refroidir la passion du Roi. Le soir même, Il entraîna les courtisans dans une chasse au flambeau. En moins de deux heures, aidé de ses chiens féroces qui ne le quittaient jamais, Il avait déjà tué près d'une soixantaine de pièces qu'Il distribua aux dames.

De retour au palais, Il fit servir un dîner somptueux à ses hôtes épuisés : noix de veau piquée, glacée à l'essence, fusées d'abricots, galantine de volaille à la farce de foie, friand de merlan et coulis d'avocat, perdreau rouge à la crapaudine... « La grandeur d'une nation se mesure aussi à la taille de ses assiettes », commenta joliment monsieur de Métais entre deux bâillements. Et certainement le royaume de France aurait-il été le plus grand du monde si, à cause de la température glaciale, la plupart des plats n'étaient arrivés froids.

⁂

Le lendemain matin, la température baissa encore. Les feux de cheminée se déclarèrent un peu partout dans le palais. On passait ses jours dans une fumée épaisse, à attendre les ramoneurs, protégé de couvertures, de mitaines et de bonnets de laine qui puaient la suie.

⁂

En dehors des parties de chasse, le meilleur moyen pour se réchauffer était le frottement. Il y avait deux sortes de frottements : le grand et le petit. Le grand consistait à rejoindre la Cour qui s'entassait dans la grande galerie. Se frayer un passage au milieu de cette cohue n'était pas aisé. Quand on ne vous piquait pas les fesses avec une épée, on vous envoyait des coups de coude dans les côtes ou un page vous renversait un bol de crème dans le col. Les dos et les garde-robes connaissaient des heures difficiles.

Quant au petit, disons qu'il se pratiquait à deux, parfois à trois, et qu'il avait les faveurs du marquis.

*
**

Aller se frotter dans la grande galerie ne présentait pas que des désavantages. On y assistait souvent à des discussions ou à des disputes divertissantes. Ainsi, le marquis assista un jour à une altercation entre le comte de Valory et le duc de Morlais. Le premier reprochait vertement à l'autre de s'intéresser d'un peu trop près à sa femme.

« Il ne me plaît pas de me quereller ici avec vous, avait répondu Morlais. En d'autres temps, je vous aurais fait ravaler vos mots mais votre front est déjà déformé de deux bosses si impressionnantes que je m'en voudrais d'en ajouter d'autres. »

Une autre fois, il fut témoin d'une algarade entre deux dames qui se disputaient l'honneur d'être passée la première dans le lit de monsieur de Lauzun.

Une autre encore, il entendit monsieur de Blauvac dire à monsieur Fourvier que c'était le marquis d'Effiat et monsieur de Beuvron qui avaient empoisonné Madame, cet été.

« Comment le savez-vous ?

— C'est Bontems lui-même qui me l'a dit. Saviez-vous qu'il a assisté à l'agonie de Madame ? Ce fut, m'a-t-il confié, un spectacle horrible.

— Ah ?

— Oui. Il paraît que son visage est devenu pâle et ses yeux ternes. De terribles convulsions ont défiguré sa figure, ont tordu ses bras et ses jambes... Je compte sur vous pour garder tout cela secret, naturellement.

— Naturellement. »

Et puis, parfois, le Roi passait. « Le Roi ! Voilà le Roi ! » On se poussait, on se marchait sur les pieds, on s'écrasait les uns contre les autres pour voir passer Sa Majesté. Les Suisses avaient toutes les peines du monde à contenir ces gens.

La plupart du temps, on n'apercevait que les plumes d'un chapeau dont on n'était pas toujours certain qu'il fût celui du Roi.

*
**

Chasser, festoyer, se réchauffer, se disputer n'étaient pas les seules occupations de la Cour. On allait aussi au théâtre. Les courtisans assistèrent ainsi, aux côtés du Roi, à une représentation du *Bourgeois Gentilhomme*, la nouvelle pièce de Molière.

Le marquis et ses amis réservèrent à cette pièce un accueil particulièrement frais.

« Vraiment, fit monsieur de Monbart, Molière nous prend pour des imbéciles s'il croit nous divertir avec de telles pauvretés.

— Cet homme-là tombe dans la farce italienne ! », s'écria le duc de Morlais. Même Lulli se montra sévère.

Apparemment, le Roi lui non plus ne s'y trompa pas puisque, au cours du souper qui suivit, Il n'adressa pas une seule fois la parole à Molière.

Devant ce silence, le vacarme redoubla : « Bambochade ! », s'emporta le marquis, « Billevesées ! », renchérit monsieur de Bassancourt. On s'amusa beaucoup.

Le lendemain, Molière avait disparu. On le disait enfermé dans sa chambre, mortifié à l'extrême.

*
**

Quelques jours plus tard, la Cour fut invitée à une nouvelle représentation du *Bourgeois*. A la fin de la représentation, le Roi dit à Molière : « Je ne vous ai pas parlé de votre pièce la première fois parce que j'ai appréhendé d'être séduit par la manière dont elle avait été représentée, mais, en vérité, cela fait longtemps qu'on ne m'avait à ce point diverti, et votre pièce est excellente. »

Le marquis et ses amis eurent beau tenter d'adoucir leurs propos initiaux, louer la pertinence de ces pièces qui à force de demeurer dans l'âme prennent une autre saveur, Sa Majesté se retira sans leur adresser le moindre regard.

« Je suis perdu ! écrivit le marquis à Daubignan. Je n'ai pas le temps de vous expliquer. Je rentre à Paris dès que possible. J'ai fait ici quelques provisions d'argent. Nous ne serons pas trop de trois pour vous chercher d'autres bêtes. Travaillez, Daubignan, travaillez ! Mes espoirs, ma vie reposent entre vos mains. »

*
**

Ils travaillèrent jour et nuit à expérimenter leurs poudres sur les sujets que Fournier, qui avait reçu des ordres, leur apportait en grande quantité.

Jour après jour, Daubignan s'affaiblissait. Il était parfois obligé de s'asseoir au milieu d'une opération ou d'une séance de tannage. Ses yeux s'enfonçaient dans son visage toujours plus cireux. Il respirait péniblement, suait, toussait, crachait, cherchait dans ses veilles prolongées l'origine de ses malaises.

Lorsque le marquis revint, il trouva Daubignan non pas dans sa cave entouré de ses bêtes, mais chez lui, raide dans son lit, veillé par les siens.

IV

Des jours durant, dans la solitude de sa grande maison délabrée, le marquis se désola de cette perte fatale. Il touchait à peine aux plats que Fournier lui préparait, n'honorait plus ses rendez-vous, passait son temps dans la pièce borgne qui renfermait les anciennes promesses de sa gloire. C'était comme se tenir au centre d'une tombe. Les peaux, rongées de vermine, avaient craqué, dévoilant l'assemblage de bois et de paille. Seules les pupilles de nacre enfoncées dans les orbites s'agitaient devant la lumière du chandelier du marquis.

Un autre que le marquis aurait peut-être vu passer dans le regard de ces bêtes une lueur terrible, comme un reproche de les avoir condamnées à errer pour l'éternité entre les mal vivants et les mal morts. Mais il n'y voyait, lui, que son malheur.

Peu à peu, pourtant, il se ressaisit. Son plan avait échoué ? Il lui en fallait un autre, et vite.

Il le trouva le jour où il assista, chez monsieur de Valmy, à un bal masqué où la plupart des invités se présentèrent habillés comme des sauvages, le corps badigeonné de suie, armés de lances et de boucliers.

Au cours de cette soirée, on parla d'un certain Leibnitz et du grand intérêt qu'il y avait à lire son livre, *Réflexions sur la sécurité publique*. Le marquis ne comprit pas tout, non seulement à cause de l'aridité de la pensée de ce Leibnitz, mais aussi à cause des grandes quantités de vin qu'il ingurgita. Mais il retint l'essentiel. Ce livre dans lequel le philosophe suggérait aux rois d'orienter leurs conquêtes vers l'Afrique avait beaucoup intéressé Sa Majesté. Elle s'était même prise à rêver de préciser les contours de ce pays sur les cartes de ses conquêtes. Colbert avait reçu une somme considérable pour le développement de sa Compagnie des Indes Occidentales. Ils étaient des centaines, désormais, à vouloir s'embarquer pour les comptoirs de Guinée ou du Sénégal d'où ils expédieraient de la poudre d'or, de l'ivoire, de l'huile de palme... Ce fut pour le marquis une révélation. Que lui arriverait-il s'il se présentait à la Cour avec quelques-uns des animaux que Dieu avait choisi de faire vivre en Afrique ?

Le soir même, dans sa voiture qui le ramenait chez lui, il traça les grandes lignes de son projet. Dans son lit, le bonnet vissé sur la tête, il peaufina son esquisse. Lorsqu'il souffla sa bougie, il tenait un chef-d'œuvre.

***

Des semaines durant, le marquis travailla à réunir les matériaux nécessaires à son grand œuvre. Il écrivit au ministère des Affaires étrangères, multiplia les rendez-vous avec ses créditrices, vendit la plupart de ses meubles, acheta des cartes et envoya Vasseur à Brest trouver un navire et un équipage prêts à partir pour Saint-Louis du Sénégal.

*
**

Les jours passèrent. Enfin, Vasseur écrivit. Il avait trouvé un navire, un senau jaugeant deux cent quatre-vingts tonneaux baptisé *L'Aurore*. Son capitaine, Jacques de Cler, était un homme sûr et expérimenté. Il avait autrefois officié sur une galère royale. Maintenant retiré des affaires militaires, il s'était installé à la barre d'un navire de négoce. S'il acceptait de se joindre à l'aventure, c'était moins pour la somme qu'on lui promettait que pour étendre son commerce aux riches terres africaines.

Désormais, après souper, le marquis dépliait ses cartes de l'Afrique au milieu des assiettes sales et des verres vides. Le feu crépitait. Il se servait d'eau-de-vie, respirait une pincée de tabac, chaussait ses besicles et, pendant des heures, regardait ce pays immense qui s'étalait devant lui, et ces territoires marqués « terre inconnue » où se cachaient les objets de sa gloire.

*
**

Les couloirs s'encombraient d'objets que le marquis jugeait indispensables à la traversée et qu'il n'avait pas encore vendus : sa garde-robe, quelques tableaux – dont un portrait du Roi –, du petit mobilier, des ballots de tabac et sa baignoire.

Il courut aussi la ville à la recherche de livres de médecine dans lesquels il espérait trouver la composition des remèdes qui lui permettraient de lutter contre le mal de mer, la fièvre, le scorbut ou les coliques. Il acheta également quelques récits de voyage dont le *Voyage à Rufisque* de Christian Laguerre dans lequel il trouva, entre d'interminables détails sur la pêche au requin et la façon de faire les nœuds, de très intéressants commentaires sur les mœurs des Noirs. « *Les hommes*, écrivait Laguerre, *n'ont d'autre ambition que de voir un Européen avoir affaire avec quelques-unes de leurs femmes. Il faut voir comme ils vous les jettent dans les bras !* » Le marquis se plut souvent à rêver de voir ces coutumes prendre un jour cours en France.

Une autre fois, il rentra avec une carte du ciel et des instruments de navigation : « Je veux connaître, en même temps que le capitaine, la direction que prendra notre navire », expliqua-t-il à Fournier.

Des jours durant, il s'initia au maniement du compas, de la boussole, de l'astrolabe, du bâton de Jacob, s'exerça au calcul des latitudes. Penché sur la table de sa salle à manger, il s'appliquait à tracer des lignes sur ses cartes, s'égarait, se retrouvait, se perdait encore, finissait par mettre en cause le bon fonctionnement de ses outils.

*
**

C'est au cours de l'une de ces soirées qu'il reçut une visite inattendue. Il pestait contre le marchand qui lui avait vendu de si mauvais instruments quand Fournier parut avec un jeune garçon dont le visage lui rappela vaguement quelque chose.

« Ce jeune homme insiste pour vous rencontrer, monsieur. Il dit que c'est une question de vie ou de mort.

— Ah ? »

Le garçon fit une révérence maladroite : « Que monsieur le marquis me pardonne de le déranger au milieu de...

— Au fait, mon garçon, au fait.

— Monsieur le marquis ne me reconnaît pas ? Je suis Jean Daubignan, le fils de Michel Daubignan et...

— Le fils Daubignan ! Je me disais bien que je connaissais cette figure... Eh bien, que puis-je pour vous, jeune homme ?

— Je... Je voudrais que vous me preniez à votre service...

— A mon service ? »

Le jeune garçon se jeta brusquement aux pieds du marquis :

« Je vous en supplie, monsieur... Je me suis enfui. Ma mère... Elle voulait m'envoyer dans un collège de Jésuites... Elle m'a battu... Engagez-moi, je vous en supplie...

— Je crains, mon jeune ami, que vous ne tombiez mal. Il me plairait, par l'amitié qui me lie encore à votre père, de vous engager sur l'heure. Malheureusement cela m'est impossible. Je suis sur le point de quitter la France.

— Vous partez ! Mais... Qu'avez-vous fait pour mériter l'exil ? »

Le marquis éclata de rire. La naïveté de ce garçon était touchante.

« Qui vous parle d'exil ? Je pars chercher des bêtes en Afrique ! Des vivantes, n'en déplaise à votre père, valent mieux que des mortes... »

S'ensuivit un long silence seulement troublé par le tic-tac d'une pendule.

« Pardonnez-moi, reprit Daubignan dont les yeux s'étaient mis à briller, mais votre gloire ne serait-elle pas encore plus grande si vous rapportiez tous les animaux que vous rencontrerez ?

— Sans doute... Mais il me faudrait pour cela affréter des dizaines, que dis-je des dizaines : des centaines de navires !

— Un seul bateau suffit, monsieur. Il faut juste qu'il compte parmi ses membres d'équipage un homme particulier. »

Le marquis fronça les sourcils :

« C'est-à-dire ? »

Jean Daubignan plongea la main dans sa poche et en retira un carnet qu'il brandit devant lui :

« Un dessinateur, monsieur. »

Le marquis reconnut aussitôt la plupart des animaux qu'il avait autrefois fait descendre dans la cave des Daubignan. Les dessins faisaient preuve d'une extraordinaire maturité et d'une étonnante science des couleurs.

« Etes-vous l'auteur de ces dessins ?

— Je le suis, monsieur. »

Les pensées se bousculaient dans la tête du marquis. Un tel dessinateur lui permettrait d'illustrer le récit qu'il entendait faire de son voyage et qu'il espérait vendre à un éditeur à son retour.

Il resta un instant encore sans rien dire, parce qu'il réfléchissait. Enfin il se tourna vers Fournier :

« Préparez la chambre d'angle pour ce jeune Raphaël. Il part avec nous. »

V

Vasseur écrivit de nouveau. La préparation du bateau avait été retardée. Une partie des bois de sapin nécessaires aux aménagements des cales avait souffert du gel. Il avait fallu attendre que parviennent de la Sarthe d'autres madriers. C'est là-bas que l'on trouvait les meilleurs bois du Royaume, expliquait Vasseur. Colbert y avait d'ailleurs fait planter les chênes qui fourniraient, en l'an deux mille, les mâts de la flotte royale. Le travail avait repris. Le capitaine avait déjà obtenu de l'Amirauté le passeport qui les autorisait au départ. Le commis de la Compagnie du Sénégal devait venir inspecter le navire avant d'accorder le visa de sortie. D'ici trois semaines, assurait Vasseur, et si le temps le permettait, ils pourraient appareiller. Il terminait en disant qu'il leur avait fait réserver des chambres au *Ti an Diaoul*, une auberge pittoresque, où lui-même et le capitaine les attendaient.

Le marquis fut ravi des origines du bois de son bateau. « A bois bien né, calfatage assuré », répétait-il à l'envi.

*
**

Un matin, le marquis fit irruption dans la chambre de Daubignan : « Debout, mon garçon ! Nous devons être partis dans dix minutes. »

Lorsque Daubignan, les yeux encore gonflés de sommeil, rejoignit le marquis, celui-ci l'attendait dans son carrosse. « Enfin ! s'écria-t-il. Allons, allons, pressons. » Daubignan était à peine monté dans l'habitacle que le marquis donnait l'ordre du départ.

Une fois sortis de Paris, le marquis daigna expliquer à son dessinateur les raisons de ce brusque départ. La veille au soir, il avait honoré avec vigueur deux comtesses qui, au moment de payer, s'étaient montrées embarrassées. Inquiet de ne pouvoir réunir en temps voulu la somme qu'il jugeait nécessaire en cas d'imprévus, les prix du marquis avaient considérablement augmenté. Il avait menacé ces dames de porter l'affaire au grand jour si elles ne payaient pas leur dette. Elles avaient fini par accepter, à condition que leur amant se présente le lendemain dans la discrète maison de campagne de l'une d'elles.

Et lorsque Daubignan le questionna sur les

raisons de sa présence : « Il est grand temps de vous initier à l'art du commerce avec les dames. »

*
**

Ils longèrent sur plusieurs lieues des chemins bordés de forêts sombres. Enfin, ils passèrent une grille, empruntèrent une allée de gravier et s'arrêtèrent devant une immense demeure.

« Au travail ! », s'écria le marquis qui sauta de la voiture sans attendre que Fournier vînt lui ouvrir la porte. Lorsque Daubignan toucha terre à son tour, le marquis avait déjà gravi les marches du perron et baisait avec empressement les mains de deux dames d'un certain âge.

« Ah ! Comtesses ! Faut-il que vos charmes exercent sur moi une forte emprise qu'ils me poussent à venir vous rejoindre en ce coin perdu ! » Et, désignant son dessinateur : « Vous me pardonnerez, je l'espère, de n'être pas venu seul. Approchez, Jean, approchez ! Permettez-moi, mesdames, de vous présenter Jean, un jeune garçon que je tiens sous ma protection. »

Les comtesses tendirent chacune une main gantée que Daubignan s'appliqua à baiser du mieux qu'il put.

Durant l'entretien, le marquis parla beaucoup du temps, mais ces dames lui prêtaient une oreille distraite. Elles se parlaient à voix basse, émettaient parfois de petits rires comme des cris de souris.

L'une d'elles se leva et revint avec une bourse qu'elle tendit au marquis.

« Voici qui nous acquitte, monsieur. Cependant, et la dame baissa la voix, nous serions prêtes à vous donner beaucoup plus si votre protégé acceptait le petit travail que nous envisageons de lui confier... »

Le marquis ouvrit de grands yeux. Cette proposition était si... inattendue... Décidément, c'était le ciel qui lui avait envoyé ce garçon ! Non content d'illustrer son récit, voilà qu'il allait contribuer au financement de son voyage. Là-bas, Daubignan regardait une toile qui représentait un poulet pendu par les pattes au-dessus d'une assiette.

« Ma foi, mesdames... Il faudrait d'abord que nous nous entendions sur le prix... »

On se mit d'accord sur cinquante livres.

Malheureusement pour le marquis, et malgré les conseils et les encouragements qu'il prodigua à son protégé, celui-ci se montra si emprunté que ces dames n'en donnèrent que quinze.

Sur le chemin du retour, tandis que Daubignan s'était endormi le front contre la vitre, le marquis s'en voulut beaucoup de n'avoir pas respecté cette règle élémentaire du commerce qui veut qu'on se fasse d'abord payer sa marchandise plutôt qu'après.

*
**

Le transporteur chargé de convoyer les effets jusqu'à Brest vint prendre possession de son chargement la semaine précédant le départ.

Le marquis s'employa du mieux qu'il put à apaiser les craintes de Fournier qui, maintenant que le départ n'était plus qu'une question d'heures, s'inquiétait des dangers. « Allons, vous êtes un homme, Fournier ! Vous savez, le navire est entre les mains de marins expérimentés. Et puis, pour tout vous dire, je suis allé hier offrir une grosse bourse d'argent au curé de Saint-Eustache : il prie pour le salut de nos âmes. Vous voyez que nous ne risquons rien. » Mais cette mesure ne rassurait pas Fournier.

Le 5 mars 16**, le marquis et son dessinateur s'installaient dans un carrosse rempli de jambons, de pains, de pommes, d'œufs durs, de fromages et de dizaines de bouteilles de vin, destinés à rendre le voyage jusqu'à Brest le plus agréable possible.

VI

Le voyageur qui arrive de l'est ne voit d'abord de Brest que des dos de maisons qui font comme un grand rempart de pierres grises. Cette ville n'est pas faite pour la terre qu'elle regarde à peine. Elle est faite pour la mer et le ciel qu'elle contemple sans cesse. La cité s'incline vers le port, vaste place encombrée d'hommes, de caisses, d'animaux, de cris. Il faut du temps pour apercevoir la mer, tellement sa surface est couverte de navires et de pontons, tellement l'horizon est rempli de mâts et de voilures.

Le marquis eut du mal à trouver son bateau. Il faut dire qu'il le chercha longtemps où il n'était pas. Il ne l'attendait pas sur mer, mais sur terre, en un lieu nommé radoub où s'achevaient les travaux de calfatage. Il fut très surpris lorsqu'il découvrit que le bateau auquel il allait confier sa vie était dans un piteux état. Des algues et des coquillages mangeaient une grande partie de la coque. Le bois était vermoulu par endroits ; certains haubans menaçaient de rompre ; des voiles étaient déchirées. Sur le pont, trois hommes hirsutes s'activaient à remuer un bâton dans un chaudron d'où montait une odeur épouvantable. Le marquis, mouchoir sur le nez, héla l'un d'entre eux qui lui indiqua le chemin du *Ti an Diaoul.*

*
**

Vasseur n'avait pas menti : l'auberge était pittoresque. Dans la salle régnaient jour et nuit un formidable tapage et une odeur de sueur, d'ail et de vin mélangés. Le patron, un certain Delapré, régnait au milieu de ce désordre avec une bienveillance paternelle. Sa femme louvoyait entre les tables comme un navire entre des écueils.

Parfois, au milieu des bagarres, montaient des chansons :

Tout le monde pue, pue, pue,
Comme une charogne.
Gniac', gniac', gniac' mon doux Jésus
Qui ait l'odeur bonne.

Le capitaine Jacques de Cler était un homme petit, trapu, édenté. Il avait gardé de ses années de galère un langage et une gestuelle autoritaires. Durant toute la conversation, il se montra peu enclin aux sentiments et ce ne furent pas les verres de vin que lui offrit le marquis qui le firent changer. Il se contenta d'évoquer les travaux qui restaient à faire sur *L'Aurore* et assura son passager que d'ici à une dizaine de jours, si les vents d'ouest ne se levaient pas, ils mettraient à la voile.

*
**

Durant les jours qui précédèrent le départ, le marquis alla régulièrement surveiller l'avancement des travaux. Il alla aussi souvent se promener le long de la côte. Il avait fini par découvrir un promontoire qui dominait la rade. Au port, malgré le temps glacial, c'était une permanente agitation d'hommes et de navires. Des oiseaux s'enfuyaient en criant vers une voile qui revenait du large. Au fond de ce tableau, la ligne d'horizon figurait une rambarde avant l'inconnu.

Il ne faudrait pas croire que le marquis avait l'âme bucolique. S'il allait marcher, c'était moins pour goûter aux beautés abruptes des paysages bretons que pour échapper aux braillards du *Ti an Diaoul*.

*
**

Un jour, le capitaine de Cler vit le marquis venir vers lui accompagné d'un petit homme tout rond :

« Je vous présente un nouveau passager, lui dit-il. Je l'ai rencontré au port cet après-midi. Le père Bernard est un prêtre capucin. Son plus grand désir est d'aller enseigner aux Nègres la parole de Dieu. Cela fait des semaines qu'il cherche un navire en partance pour l'Afrique. Comment pourrions-nous refuser de prendre à notre bord un homme à qui Dieu a confié une telle mission ? »

Le capitaine montra peu d'enthousiasme à voir un homme d'Eglise se mêler à son équipage.

« Sur un bateau, ces gens ne sont bons à rien. Ils ne participent pas à la manœuvre et ils ne garantissent même pas du mauvais temps. J'en ai embarqué un, une fois. Il priait tout le temps. Si encore ç'avait été pour le salut de nos âmes... Même pas ! Il priait pour lui parce qu'il avait le mal de mer. On l'a débarqué deux jours seulement après être parti. »

Il finit par céder. La bourse que lui tendait le marquis était bien remplie.

***

Le 29 mars au matin, le marquis, ses hommes et le père Bernard prirent la direction du port. Leurs effets avaient été chargés la veille sur *L'Aurore* qui mouillait maintenant en un lieu nommé « recouvrance ».

Lorsqu'il prit place dans la chaloupe, le marquis eut l'impression de se trouver sur l'échine d'un animal sauvage. Il n'aima pas ça.

Une fois à bord, le capitaine lui présenta son second, monsieur Darville, et lui proposa de l'accompagner pour une dernière inspection. L'intérieur du bateau sentait le moisi. Tout y était étroit, humide, sombre. Les chambres étaient minuscules, le mouvement perpétuel, les craquements incessants, les lits suspendus. On ne pouvait pas se tenir complètement debout.

Ils descendirent ensuite aux cales. Dans l'une d'elles étaient parqués des poules, des moutons, des truies, des canards et des oies. Dans une autre, on avait entassé des barils d'eau-de-vie, des bouteilles de vin de Bordeaux, ainsi que de la viande séchée, des fèves étuvées et des légumes frais. « Voici qui nous promet au moins de joyeuses agapes », fit le marquis.

De retour sur le pont, le capitaine donna l'ordre du départ. Tout alla très vite. Des gabiers grimpèrent dans la mâture, d'autres virèrent au cabestan et se préparèrent à lever l'ancre. Les gabiers larguèrent les basses voiles. L'ancre dérapa. Les huniers s'élevèrent, d'abord flasques, puis se déployèrent. Le bateau frémit, craqua comme un grand corps qui se détend, prit le vent. Soudain, du port, monta un énorme vacarme, comme des coups de tonnerre : « Il est de tradition que l'Amirauté fasse tirer deux pièces de canon pour les voyages au long cours », expliqua le capitaine qui ordonna qu'on lui porte à boire. « La tradition veut aussi que nous levions un verre à chacun de leurs tirs. » Combien y en eut-il ? Les avis divergent. Le capitaine en compta dix, le marquis quinze. Mais il est permis de mettre en doute la parole de ce dernier qui, de toute façon, buvait encore bien après que le dernier coup eut retenti.

Une dernière fois, ils aperçurent les mâts des navires restés en rade, les clochers de Brest, les tertres d'herbe rase. Le vent fraîchit. Ils laissèrent à tribord une petite île du nom de Ouessant. Un moment encore, elle dressa ses pointes au-dessus des vagues. Et puis il n'y eut plus que la mer.

VII

Le mal de mer est une chose épouvantable. Qu'il soit – ou non – dû à la peur, comme l'affirme Plutarque, le marquis eut souvent le sentiment que sa dernière heure était venue. Il passa le début de la traversée penché par-dessus le bastingage où Fournier, Vasseur et son dessinateur venaient souvent le retrouver.

En dehors de l'équipage, seul le père Bernard échappait à cette épidémie. Il passait sur le pont, rubicond, dînait et soupait avec appétit. Pourtant, son âme semblait tourmentée. Ainsi qu'il s'en ouvrit plus tard au marquis, lui qui s'était mis en tête de vivre à l'imitation du Christ souffrait de ne pas souffrir.

L'horrible malaise s'estompa au bout de quelques jours. Il leur fallut encore s'habituer au tangage et au roulis du navire lorsque la mer était grosse. Ils allaient souvent se cogner la tête contre les parois de leur cabine. Sur le pont, ils avançaient comme des équilibristes. Il était impossible de lire ou d'écrire. Manger à table relevait de l'exploit.

Les assiettes ne restaient pas en place. Les verres se renversaient. Les porter à la bouche était un exercice périlleux. Le marquis eut souvent à se plaindre de la rapidité avec laquelle il épuisait sa garde-robe.

Le capitaine, quant à lui, s'amusait beaucoup : « Lorsque le bateau penche d'un côté, il vous suffit de vous pencher de l'autre ! » Peu à peu, cependant, ils apprirent à obéir aux caprices de *L'Aurore*.

*
**

Fournier faisait de son mieux pour accommoder les viandes et les légumes embarqués. Les repas étaient, pour le marquis, l'occasion de raconter dans le menu au capitaine ce qu'avait été sa vie auprès du Roi. Il décrivait, les yeux étincelants, les aménagements du palais de Versailles, la magnificence des jardins et des jets d'eau, le faste des dîners, le raffinement d'une société que bien des nations enviaient.

« Il faut voir comment se déroulent les soupers, capitaine. Le gentilhomme servant prend le premier plat ; le second est pris par le contrôleur ; les officiers de la bouche prennent les autres. En cet ordre, le maître d'hôtel, ayant le bâton en main, marche à la tête, précédé de quelques pas par l'huissier de la table qui porte une baguette et le soir un flambeau. Alors la viande, accompagnée de trois gardes du corps, fait son entrée... »

En évoquant ces souvenirs, sa voix tremblait un

peu. Il était difficile de savoir si, dans ces moments, il cherchait à réchauffer son âme aux souvenirs de ce monde flamboyant ou s'il tentait d'impressionner un homme qui, depuis le départ, faisait peu cas de lui.

*
**

Un jour que Fournier leur présentait un rôti de mouton, le capitaine demanda au père Bernard :

« Que pensez-vous des gens qui affirment que les animaux ont une âme ?

— Ce sont des ignorants, répondit l'abbé, la bouche déjà pleine.

— Sans doute, renchérit monsieur de Dunan qui se servait, devraient-ils se pencher sur les écrits de Descartes. Ils y liraient que les bêtes ne sont que des machines.

— Machines, machines... Il m'a déjà été donné de voir des singes jouer aux cartes, manger à une table, danser...

— Imitations ! fit le marquis.

— Que dire alors de ces perroquets, insista le capitaine, dont on affirme qu'ils sont capables de répondre à des questions et de soutenir une discussion comme des êtres raisonnables ? »

L'abbé marqua un temps.

« Parler est une chose, penser Dieu en est une autre, finit-il par dire. Le fait que des animaux discourent montre simplement que le langage n'est pas réservé aux hommes. Cela ne remet pas en cause le fait qu'ils n'ont pas d'âme. Saint Thomas d'Aquin a d'ailleurs démontré que la vie animale ou végétale ne peut pas entrer au paradis. Imaginez qu'une fois ressuscités, les hommes gardent leurs fonctions animales comme la génération ou la nutrition. Il faudrait peu de temps pour que l'Eden déborde d'hommes et d'excréments. »

Ce raisonnement mit fin à la dispute. Le père Bernard se resservit de viande, le capitaine de vin. Quant au marquis, il resta longtemps le nez dans son assiette. Le paradis du père Bernard, à jamais privé des plaisirs de la chair, venait de prendre des allures d'enfer.

*
**

Daubignan donnait bien du souci au marquis. En plus de ne pas savoir y faire avec les dames, ce garçon méconnaissait des règles élémentaires de savoir-vivre. Ne l'avait-il pas surpris, un matin, partir dans la mâture avec les hommes d'équipage ?

Le soir même, après l'avoir écouté parler de hune, de vent dans les cheveux et de liberté, il lui dit :

« Il n'est pas de bon ton de sortir des limites que la naissance et l'éducation nous ont fixées, mon garçon. L'un des plus grands mérites d'une âme bien née est de connaître sa place et de refuser le mélange. La société d'un navire répond à celle, plus large, d'une nation. Que deviendrions-nous si nous abolissions les barrières naturelles qui séparent les roturiers des nobles ? A coup sûr, il n'en résulterait que du désordre. Observez ces hommes, apprenez à distinguer ce qui vous en sépare plutôt que de céder à la pente facile mais néfaste de l'imitation. Sachez enfin qu'une peau hâlée est l'apanage d'une certaine catégorie d'hommes et qu'il convient de vous en démarquer par l'application du blanc de céruse. »

Il veilla à ce que Daubignan ne paraisse plus sur le pont qu'en costume, perruqué et parfaitement poudré.

*
**

Le 3 avril, le vent les abandonna. Cette situation inquiéta le capitaine. Si les réserves d'eau et de nourriture étaient suffisantes pour supporter une panne de plusieurs jours, il craignait l'inactivité de son équipage : « On ne maîtrise bien les hommes que si on les nourrit en suffisance et si on les occupe, disait-il. Dès que le corps ne travaille plus, la tête se met à rouler des pensées curieuses, le plus souvent corrompues. »

Dans l'urgence, le père Bernard organisa une série de prières. Les hommes implorèrent la Sainte Vierge avec ferveur. Mais au terme du troisième jour, force fut de constater que le Ciel restait sourd.

Si les prières ne suffisaient pas, déclara le père Bernard, le jeûne, à coup sûr, fournirait un bon résultat. Ils jeûnèrent donc malgré les réserves du capitaine qui, voyant s'effondrer le dernier pilier de sa politique intérieure, redoutait une mutinerie. Mais les marins se montrèrent exemplaires. Il faut dire que les prêches du père Bernard qui les menaçaient des flammes éternelles en cas de manquement à la règle y furent pour beaucoup :

« En enfer, s'exclamait-il, vous ne verrez jamais la lumière. Là, les larmes, les sanglots, les grincements de dents, les cris et les hurlements, les regrets et les soupirs ; là, une puanteur intolérable. Là, une faim enragée et une soif insupportable vous tourmenteront. »

D'autres jours passèrent durant lesquels, préférant la faim temporelle à la faim éternelle, ils feignirent d'ignorer les piaillements et les bêlements qui montaient de la cale.

Si Dieu resta sourd aux prières de ces hommes, il semble, en revanche, qu'Il entendit les gargouillis de leurs estomacs. Quelques jours plus tard, Il fit se lever un vent si formidable que *L'Aurore* parcourut en quelques heures une cinquantaine de lieues. Il fallut même carguer des voiles, de peur qu'elles se déchirent. Le père Bernard passait sur le pont auréolé d'une gloire nouvelle.

Le vent ne les quitta plus. Le 10 avril au soir, de Cler embossait son navire au port de Lisbonne.

VIII

Il ne fallut pas longtemps au marquis pour retrouver les habitudes auxquelles une dizaine de jours de navigation l'avaient soustrait. Le lendemain de son arrivée, il était reçu par le gouverneur de l'Amirauté qui tenait à connaître les raisons de son escale et le but de son voyage. L'homme parlait un français excellent. Il était cultivé et charmant. Lorsque le gouverneur, séduit par l'élégance et la prestance du marquis, l'invita à souper chez lui avec ses amis, ce dernier découvrit que sa femme était encore plus charmante.

*
**

La demeure du gouverneur Antonino d'Alcobaça débordait de statues, de candélabres, de tableaux et de tapis. Tout, dans cette maison, semblait avoir été conçu pour le plaisir : les balcons dominaient des jardins d'où montaient des voix de fontaines. Les pièces étaient vastes et agréablement meublées. Leurs murs étaient décorés de carreaux de faïence bleus en frise.

Ils soupèrent tard sur une terrasse qui surplombait la ville. La nuit était tiède. Parfois, une brise légère faisait trembler l'or des bougies. Au loin, le Tage n'était qu'une rumeur.

Le marquis fut très surpris de voir que les domestiques du gouverneur étaient des Noirs. Ils servaient en livrée, emperruqués et poudrés : « On les croirait déguisés ! Comme c'est amusant !

— La plupart d'entre eux viennent de la côte de Guinée, expliqua le gouverneur, ravi de l'effet que produisaient ses gens.

— Sont-ils chrétiens ? s'inquiéta le père Bernard.

— Ils ont été formés par le père Pedro d'Avila, mon confesseur. Je peux vous assurer que derrière ces corps tout noirs se tient une âme toute blanche. »

On débattit longtemps des esclaves, de leur commerce et de la façon dont on devait les traiter. Le père Bernard fit sensation lorsqu'il cita de mémoire quelques préceptes énoncés dans la Bible : « *Si un homme frappe son esclave ou sa servante à coups de bâton, au point de le faire mourir sous sa main, il faut venger la victime. Mais si l'esclave survit un ou deux jours, il n'y aura pas de vengeance car il est la propriété de son maître.* »

Puis on oublia les Noirs et monsieur de Dunan s'occupa de la *senhora*. Tout y passa : sa toilette, sa parure, la façon qu'elle avait de rassembler ses cheveux au-dessus de sa tête, assurant que cette mise, si elle était connue de la Cour de France, y ferait autorité. Il n'oublia pas le gouverneur, sachant qu'on ne conduit bien une femme mariée sur la voie du vice qu'en égarant d'abord son mari sur celle de la vertu. Il se perdit en considérations sur la qualité de son *vinho tinto*, se passionna pour sa généalogie, vanta son goût de l'ameublement.

Au dessert, la *senhora* était envoûtée et le marquis et le gouverneur étaient les meilleurs amis du monde.

Il ne put prendre congé qu'après avoir promis de revenir le lendemain pour une visite de la ville.

*
**

Le capitaine de Cler montra un vif désagrément lorsqu'il apprit qu'il allait devoir prolonger son séjour à Lisbonne. « Libre à vous de rester ici un jour de plus, s'emporta-t-il. Mais ne comptez pas sur moi pour vous attendre. Notre chargement est achevé et je ne tiens pas à ce que mes hommes se mettent en tête de rejoindre les tavernes du port. Que vous le vouliez ou non, monsieur, demain matin, au premier coup de vent, je mets à la voile. »

L'attaque du capitaine fut si inattendue et si brutale qu'elle anéantit d'un seul coup les armées d'arguments du marquis. Il resta là, les bras ballants, la bouche ouverte. Une fois que le capitaine fut sorti, sa colère ne connut plus de limites. Il renversa des meubles, brisa un miroir. Il ressemblait à l'enfant vexé d'avoir été pris en faute et qui tente par la violence de reconquérir sur les choses le pouvoir que les hommes lui ont fait perdre.

A l'aube, profitant d'une brise nord-nord-est, *L'Aurore* s'éloignait de Lisbonne. Le fait de n'avoir pas pu honorer la *senhora* n'avait, pour le marquis, qu'une importance relative, mais il ne se remettait pas qu'un homme d'une condition inférieure ait pu contraindre sa liberté.

Durant les jours qui suivirent, les deux hommes firent tout pour s'éviter, ce qui, sur un bateau de quelques dizaines de pieds, n'est pas aisé.

IX

Le voyage jusqu'à Madère fut agréable. Le vent frais, le ciel clément. Le marquis et le capitaine, à force de se croiser sur le pont ou dans les coursives, avaient fini par décider d'une trêve. Celle-ci était si fragile que le moindre écart de geste ou de langage pouvait suffire à rallumer la discorde. Quant au père Bernard, il sortit peu de sa cabine. Dieu, dans son infinie miséricorde, avait enfin entendu ses prières : il souffrait du mal de mer.

Le 15 avril, à onze heures du matin, *L'Aurore* jetait l'ancre à Madère.

Tout le monde resta à bord sinon le capitaine et le patron de chaloupe qui, après le déjeuner, allèrent renouveler les réserves d'eau, acheter de la viande fraîche et d'étranges petits coquillages appelés *cauris* qui servent de monnaie d'échange en Afrique.

Profitant de l'absence du capitaine, le marquis fit installer son fauteuil sous la tente de la dunette où il passa l'après-midi à lire les *Contes* de La Fontaine. De temps en temps, il regardait Jean qui, à l'ombre du grand mât, s'appliquait à dessiner des oiseaux. L'air était doux, la houle berçante. Et quelque chose remontait dans l'âme du marquis, un sentiment confus qu'il n'avait pas ressenti depuis longtemps et sur lequel il n'arrivait pas à mettre un terme. Il était tranquille.

Vers le soir, la chaloupe revint chargée d'énormes sacs. « Quand même, fit le marquis tandis que l'on transportait les cauris dans sa chambre, ces Nègres sont bien étranges d'accorder un prix à des coquilles vides ! »

*
**

Le soir, au cours du souper sur le balcon de poupe, le marquis n'en finit pas d'évoquer les bruits et les lumières de Versailles. Il déploya tant d'éloquence que tout le monde, y compris le capitaine, oublia le ciel percé d'étoiles ni n'entendit la mer rouler contre la coque.

L'Aurore appareilla à l'aube. A sept heures du matin, la terre n'était qu'un souvenir.

*
**

Il est étrange de croiser un navire au milieu de l'océan. D'abord, l'horizon est vide. Puis un cri tombe de la hune et une voile surgit qui n'était pas là tout à l'heure.

De la dunette, le capitaine, l'œil collé à sa longue-vue, tentait de deviner la nationalité du bateau. C'était, annonça-t-il enfin, un navire de commerce français d'au moins mille tonneaux.

« Vous êtes certain qu'il ne s'agit pas de pirates ? », demanda le père Bernard.

Le capitaine éclata de rire.

« Si des pirates s'avisaient de courir les mers avec de si gros vaisseaux, leurs prises seraient bien minces, révérend ! »

La nouvelle que des compatriotes croisaient en même temps que lui au milieu de ce désert liquide enthousiasma le marquis. « Il nous faut absolument aborder ce navire, capitaine ! »

Ce dernier, malgré une grimace qui en disait long, se garda de refuser. Quelques heures perdues à satisfaire ce nouveau caprice du marquis valaient mieux que des jours à subir sa mauvaise humeur. Il fit virer lof pour lof, hisser un pavillon bleu et tirer trois coups de canon qui demandaient au navire de mettre en panne. Deux heures plus tard, *L'Aurore* était à portée de voix de *L'Ecueil* et le capitaine faisait mettre ses voiles vent dessus vent dedans.

*
**

Le capitaine de *L'Ecueil*, Michel Marteille, accueillit les passagers de *L'Aurore* avec cordialité et une bouteille de vin de palme. Il faisait la route pour un armateur dieppois. Il avait quitté Saint-Louis trois semaines plus tôt et rapportait vers Lisbonne, en plus de bois, d'épices et d'ivoire, des peaux de léopard et une cinquantaine d'esclaves mâles et femelles. Jusqu'à présent son voyage avait été calme. Tout au plus avait-il échangé quelques coups de canon avec un bâtiment britannique qu'il avait fini par mettre en fuite.

Le marquis n'en finit pas de s'extasier de la providence qui les avait fait se croiser : « N'est-ce pas extraordinaire ? Vous revenez de Saint-Louis quand nous nous y rendons ! Mais, dites-moi, capitaine : à quoi ressemble cette ville ?

— Je ne sais si ce terme correspond à la réalité, monsieur. Il s'agirait plutôt d'un ramassis de... » Il n'eut pas le temps d'achever : au-dessus de leur tête, des cris résonnèrent soudain et des grincements de violon qu'on accorde.

— « Ah ! Ça va commencer, dit le capitaine. Je dois monter. Cela vous dirait-il d'assister à un divertissant spectacle ? »

Ils gagnèrent le tillac. Encadrés par les hommes d'équipage dont certains étaient armés de fouets, les esclaves mâles de *L'Ecueil* dansaient au son d'une vielle.

Le capitaine s'amusa beaucoup de l'étonnement de ses hôtes. « Il s'agit de les faire se tenir gais, expliqua-t-il. C'est le meilleur moyen de les transporter en santé. Et puis, quand on les met en vente, ils valent davantage.

— Que sont ces marques sur le dos de celui-ci ? », demanda le père Bernard.

La cadence accélérait.

« La discipline à bord d'un navire doit être ferme, répondit le capitaine.

— Sans doute... »

La cadence accélérait encore. Les cris des hommes d'équipage redoublaient.

« Et ces lettres J.C. imprimées en relief sur leur cuisse ? demanda le marquis qui avait chaussé ses besicles.

— L'initiale du patronyme de leur futur maître », était presque obligé de crier le capitaine. Les Noirs ne dansaient plus. Ils couraient sur place, la bouche grande ouverte, les yeux exorbités, couverts de sueur. « Les autorités nous ordonnent de les marquer pour confisquer ceux qui pourraient être introduits en fraude. » Ces derniers mots résonnèrent dans le silence. La musique et les cris avaient brusquement cessé. Les Noirs s'étaient laissé tomber au sol où ils reprenaient péniblement leur souffle.

« Voici un exercice salutaire », s'enthousiasma le marquis.

C'est alors que le père Bernard se pencha vers le marquis et lui chuchota quelque chose à l'oreille. « Mais bien sûr, révérend. Je crois que le capitaine n'y verra pas d'objection. Voici l'affaire, capitaine. Notre bon père Bernard aimerait, comment dirais-je, vérifier ses techniques de conversion sur quelques-unes de ces âmes avant d'affronter les foules africaines. Y voyez-vous un inconvénient ?

— Pas le moins du monde, monsieur.

— Entendent-ils le latin ? demanda le père Bernard.

— Vous savez, il est déjà difficile de leur apprendre quelques mots de français...

— Peu importe, reprit l'abbé. La langue de Dieu est intelligible par le cœur. »

Et, se plaçant devant les Noirs : « *Crescite vero in gratia et in cognitione Domini nostri et salvatoris Iesu Christi ipsi gloria et nunc et in die aeternitatis amen.* »

Il s'interrompit pour juger de l'effet de sa harangue. Les Noirs le regardaient avec étonnement.

« Leur cœur doit être bien épais que les paroles de Dieu n'y pénètrent pas », analysa le marquis. L'abbé, un instant décontenancé, demanda qu'on les fasse s'agenouiller, leur présenta le crucifix qu'il portait autour du cou et les bénit avec gravité. « Et voilà », conclut-il.

Les Noirs s'amusèrent-ils du comportement de l'abbé ? Furent-ils heureux de s'en tirer à si bon compte ? Quelques-uns sourirent, et dans ce sourire, le père Bernard voulut lire le fruit de la grâce.

« Vous... Vous avez vu comment l'esprit de Dieu a infusé ces âmes et irradié leur visage ? »

Il ne fut pas le seul à s'émerveiller de son pouvoir. Le marquis, le capitaine Marteille et son équipage regardaient cet homme que Dieu avait choisi pour ambassadeur avec admiration.

Cette victoire donna des ailes à l'abbé. Il demanda au capitaine de lui montrer d'autres esclaves.

« Bien volontiers, fit respectueusement ce dernier. » Il les entraîna dans la chambre des esclaves femelles.

Il régnait dans le ventre de *L'Ecueil* une touffeur épouvantable. L'air empestait le vinaigre dont le capitaine expliqua qu'il n'était pas meilleur produit pour désinfecter un navire.

Lorsque les esclaves virent le capitaine pénétrer dans leur chambre, elles se serrèrent toutes les unes contre les autres dans un grand bruit de chaînes.

« Allons, mes jolies, n'ayez pas peur ! », fit le capitaine. Il se dirigea vers elles et, les menaçant du fouet qu'il portait toujours à sa ceinture, les poussa vers le marquis.

« Si vous n'avez pas encore goûté à cette chair, monsieur, vous ignorez de singuliers plaisirs !

— Je vous en prie, monsieur, fit l'abbé dont le visage s'empourpra. Quel homme êtes-vous pour entretenir des relations avec des êtres qui n'ont pas reçu les sacrements du baptême ?

— Tranquillisez-vous, mon père. J'ai veillé, avant mon départ, à faire baptiser les plus belles.

— Dans ce cas...

— Mais les autres sont vierges de toute révélation. »

L'œil du père Bernard brilla. Il demanda au capitaine de les faire s'agenouiller, saisit son crucifix et les bénit au nom du Père, du Fils et de l'Esprit Saint.

*
**

Le jour tombait lorsque le marquis et ses amis regagnèrent *L'Aurore*. Dans la chaloupe, le marquis agita son chapeau. Le capitaine Marteille lui répondit d'un gros coup de canon.

Ce soir-là, le marquis fut intarissable. « Ce capitaine Marteille ! Quelle présence, quelle distinction... En parlant de ça, Jean, avez-vous vu comment ces Nègres dansaient ? Vraiment, la grossièreté des mouvements d'un corps va souvent de pair avec la grossièreté de l'âme qui l'habite... Ah, mon garçon, vous verrez bientôt comme on danse à Paris ! Vous verrez ces génies que sont Beauchamps, mademoiselle Vertpré, d'Olivet ! Peut-être même aurez-vous la chance de voir le Roi se mêler à ces danseurs illustres et les surpasser tous ! Lorsque nous serons rentrés, faites-moi penser à vous faire lire *Le Traité du ballet* de l'abbé de Pure. Vous y découvrirez comment, par l'apprentissage des mouvements, on atteint le plein épanouissement de la nature. »

Et voulant lui donner un avant-goût des trésors qui l'attendaient, il esquissa devant lui quelques pas de menuet : « Regardez bien. La main à la taille, le menton dégagé. Attention... Le pied gauche chasse le droit, et... » Mais *L'Aurore* gîta soudain si violemment qu'il alla rouler à l'autre bout de la pièce.

Il n'eut rien mais il préféra remettre sa démonstration à une date ultérieure.

*
**

Quelques jours plus tard, Daubignan tomba malade. Quand on l'interrogea, il dit que ses oreilles bourdonnaient et que son ventre lui faisait mal. Le capitaine diagnostiqua un début de dysenterie et le fit mettre en quarantaine.

Le marquis refusa de laisser à quelqu'un d'autre le soin de s'occuper du garçon. Il consulta ses livres de médecine et, durant une semaine, un mouchoir parfumé sur le nez, lui porta à manger et à boire, le changea, s'assura que son eau fût toujours mélangée de jus de citron et de vinaigre. Il alla même jusqu'à lui chanter des chansons drôles, convaincu avec Ambroise Paré que l'abattement moral favorisait les progrès des maladies.

Pour en choisir deux jolis
Envoya sa chambrière.
Chambrière en femme d'esprit,
S'en est servi la première.
Pan ! Pan ! Pan ! de la Bretonnière.

On aurait tort de croire que le marquis était seulement animé du désir d'aider son prochain.

Ce à quoi il travaillait d'abord, c'était à conserver une pièce maîtresse sur l'échiquier de sa gloire.

*
**

Lorsque Daubignan alla mieux et reprit ses promenades sur le pont, le marquis lui dit :

« Il serait préférable que vous restiez dans votre chambre jusqu'à notre arrivée, mon garçon. La contagion, vous comprenez...

— La contagion ? Je suis guéri...

— Sans doute, sans doute... Mais... Et puis les marins sont des gens superstitieux. Ils disent – les imbéciles –, ils disent que c'est le diable qui vous a fait don de la maladie. Ils ont peur... Croyez-moi. Il vaut mieux que vous ne sortiez pas d'ici. »

Il mentait, mais il n'aurait plus à surveiller constamment ce garçon pour qu'il n'aille pas, dans la mâture, se mêler à une vie qui n'était pas la sienne.

*
**

Les semaines qui précédèrent l'arrivée furent longues et monotones. Le marquis passa son temps enfermé dans sa cabine, penché sur ses cartes, s'entêtant à vouloir mesurer l'étendue d'eau qui le séparait encore de Saint-Louis plutôt que de reconnaître celle de son ignorance.

Enfin, le matin du 1er mai, la mer prit une teinte verdâtre. La sonde remonta remplie de sable. Des oiseaux vinrent à la rencontre de *L'Aurore*. Un cri tomba de la hune. Le marquis surgit de la cale : « Saint-Louis ? Déjà ? » Au loin, une immense bande de terre noire vacillait dans l'air comme un ruban de brume.

X

Ils longèrent sur plusieurs milles une langue de sable que la carte du marquis désignait sous le terme de « pointe de Barbarie ». Après avoir contourné son extrémité et passé l'énorme roulis que fait le Sénégal en se jetant dans la mer, ils remontèrent un couloir d'eau vigoureux, délimité à bâbord par la langue de sable et, à tribord, par des terres en grande partie marécageuses. Celles qui ne l'étaient pas étaient occupées par des champs de mil ou des troupeaux de moutons ou de chèvres.

Leur arrivée aux abords de Saint-Louis ne passa pas inaperçue. Par coutume, la population indigène se précipite vers chaque bateau qui vient du large et essaye de monter à son bord. Le marquis craignait que les Noirs qui s'avançaient vers lui en pirogue soient animés de mauvaises intentions, mais il se rendit bientôt compte qu'il ne s'agissait que d'enfants en quête de présents.

Le capitaine ne voulut pas qu'ils montent à

bord. Il leur fit lancer des objets brillants de moindre valeur, fit bastonner les mains de ceux qui s'agrippaient à la coque et finit par faire donner un coup de canon qui fit déguerpir tout le monde.

Quelques minutes plus tard, *L'Aurore* mouillait tranquillement au milieu du fleuve, non loin de Saint-Louis.

Pour se faire une idée de cette île, il faut se représenter un morceau de terre plane long d'environ un mille et large de la moitié d'un. Il faut ensuite imaginer sur cet espace un assez grand village constitué de cabanes et de petites maisons au milieu desquelles serpentent des ruelles d'où surgissent des têtes de palmiers. Enfin, il faut mettre du soleil partout et peindre le ciel d'un bleu aussi dense que celui des vitraux de Notre-Dame.

*
**

Le marquis ne voulut quitter *L'Aurore* qu'après avoir fait un brin de toilette et changé de tenue. Comme il l'expliqua à Daubignan : « Quelle que soit la nature des habitants de cette île, un représentant du royaume de France se doit de leur offrir un aspect agréable et parfumé. »

Il réapparut dix minutes plus tard vêtu d'une chemise de flanelle blanche, d'un rhingrave vert et d'un chapeau de paille à liseré rouge. Quelques instants plus tard, il s'installa dans la chaloupe aux côtés du père Bernard et du fils Daubignan.

Sur le quai, une énorme foule de Noirs les attendait.

⁂

Ils avaient à peine touché terre que la foule se précipitait sur eux en poussant des cris stridents. Le marquis, croyant qu'on voulait le voler, tenait son chapeau d'une main tandis que de l'autre, il tentait de repousser les assaillants ; le père Bernard serrait son crucifix contre sa poitrine ; Daubignan son matériel à dessin. C'est alors qu'un Blanc de forte corpulence surgit, qui dispersa la foule à coups de pied, de coude et de gueule.

Le personnage qui venait de paraître n'était pas seulement remarquable par son embonpoint. Il portait, malgré la chaleur écrasante, un costume de velours rouge et une perruque monumentale. Derrière lui, un grand Noir muni d'un parasol tentait de lui offrir un peu de fraîcheur.

« Veuillez les excuser, monseigneur, fit l'homme en s'inclinant. L'arrivée d'un navire est toujours un événement pour eux, surtout lorsqu'il vient de France... Permettez-moi de me présenter : Arnaud Debourg, secrétaire personnel de monsieur Olivier Soulas, gouverneur de Saint-Louis.

— Je suis le marquis Charles Robert Louis de Dunan. Voici mon gourmette, Jean Daubignan, et notre aumônier, le père Bernard.

— Messieurs », salua-t-il en s'inclinant de nouveau. Puis, se tournant vers le marquis : « Monsieur le gouverneur souhaite connaître les raisons de votre présence à Saint-Louis. Il vous attend dans son cabinet. Si vous voulez bien me suivre. »

L'homme les entraîna par-delà un enchevêtrement de ruelles crasseuses et puantes. Ils croisèrent quantité de Noirs auxquels le secrétaire accorda d'amples mouvements de main dont on ne pouvait dire s'ils servaient à les saluer ou à les faire se tenir à bonne distance. Durant le trajet, le père Bernard multiplia les bénédictions et monsieur de Dunan essaya de ne pas trop se salir les chausses. Ils s'arrêtèrent devant une maison entourée d'un jardin de fleurs mortes et surmontée d'une pancarte : « Bureau du gouverneur ».

***

Ils pénétrèrent dans une salle aux murs nus et décrépits. Quelques Noirs attendaient une audience, assis sur des bancs. « Monsieur le gouverneur va vous recevoir », fit le secrétaire qui leur désigna un banc avant de disparaître de l'autre côté d'une porte.

Un long moment passa dans un silence pesant. On entendait vrombir les mouches. Le marquis aurait bien voulu qu'on ouvre une fenêtre.

Enfin, la porte s'ouvrit. Le secrétaire leur fit signe de le suivre. Ils entrèrent dans une petite pièce occupée presque entièrement par une table surchargée de dossiers et d'ouvrages volumineux. Une voix monta de derrière cette montagne de papier. « Eh bien, que nous vaut l'honneur de cette visite ? »

Une figure épouvantable parut entre deux piles de papiers. La moitié gauche de ce visage était une balafre. L'œil était un trou. L'oreille un petit bout de chair.

« Eh bien ? Je vous écoute ! » fit le gouverneur avant de disparaître derrière sa paperasse.

Se ressaisissant, le marquis se racla la gorge. Mais alors qu'il allait commencer, l'horrible figure reparut :

« Ma figure vous fait peur ?

— Votre... Mais... Heu... Non... C'est-à-dire que...

— Ah bon... »

Le visage disparut de nouveau.

« Oui... Heu... Je disais donc...

— Un coup de lance un jour d'inspection dans un village ! Ah, ils m'ont pas manqué, ces sauvages... J'ai bien failli crever. »

Le gouverneur se leva. Il était aussi gros que son secrétaire mais nettement plus petit. Il vint se planter devant le marquis.

« Ne faites confiance à personne ici, marquis. A personne. Et surtout pas à un Nègre ! »

Sur ce, il dit que son secrétaire allait s'occuper des formalités administratives, qu'il avait lui-même un emploi du temps assez chargé, mais qu'il serait honoré d'accueillir le marquis et ses amis à souper chez lui le lendemain.

« Quel homme étonnant ! fit le marquis sur le chemin du retour. Il a une sorte de présence animale, vous ne trouvez pas ? Et sa figure ! Vous avez vu ? On dirait un... » Il n'eut pas le temps d'en dire plus. Un Noir surgit derrière lui en courant, le bouscula et lui chipa son chapeau.

⁂

Le marquis tempêta longtemps contre la « sauvage agression » dont il avait été la victime, affirmant qu'il s'en plaindrait le lendemain au gouverneur dont les propos sonnaient soudain si justes.

Durant le souper, il garda l'œil sombre, écoutant distraitement le père Bernard qui, lui, n'avait de cesse d'emplir le silence du souvenir des heures qu'ils avaient passées ensemble. L'abbé n'était que soupirs, et levait son verre à l'évocation de chaque nouvel épisode. Tard dans la nuit, lorsque sa mémoire et les bouteilles furent également vides, il se leva et, s'arc-boutant d'une main au dossier de sa chaise, bénit tout le monde avec l'autre.

Le lendemain, à l'aube, la chaloupe de *L'Aurore* emportait le père Bernard. Une dernière fois, on le vit qui agitait les bras. La barque contourna l'île par tribord et, tout à coup, ce fut comme si l'abbé n'avait jamais existé.

XI

Trois fois par semaine, le marché envahit la ville de Saint-Louis. Les vendeurs viennent surtout du nord. Ils vendent des fruits, des légumes, du sel, plus rarement de la viande. Leurs arrivées sont toujours spectaculaires. Là-bas, par-delà le coude que fait le fleuve, l'air résonne de voix, de cris, de chants. Les voilà soudain. Leurs pirogues glissent sur l'eau comme des crocodiles. Parfois, des bœufs les suivent à la nage, tirés par une corde qu'on leur a passée dans le nez. La flottille accoste. Quelques instants plus tard, la ville est couverte d'étals, retentit de cris d'hommes et de bêtes.

*
**

Le marquis était contrarié. Ce marché ne recelait, en guise d'animaux fantastiques, que des oiseaux qui piaillaient dans des cages ou sur des perchoirs. Leur plumage était magnifique : mordoré, ou rouge, ou bleu, ou vert, ou jaune, ou toutes ces couleurs à la fois.

« Sans doute ces volatiles sont-ils très beaux, fit-il à son dessinateur qui achevait le portrait d'une sorte de passereau dont le corps se prolongeait d'une longue queue chamarrée. Je suis sûr qu'ils seraient du plus bel effet dans la volière de monsieur Condé. Mais je gage que le Roi, lui, n'aurait que faire d'oiseaux, aussi colorés soient-ils. Il nous faut d'autres bêtes, Jean. »

Un vendeur qu'il interrogea, un vieux Nègre édenté, lui expliqua dans un français hésitant que les animaux féroces ne se rencontraient qu'à l'intérieur des terres. Tout au plus, dit-il, croisait-on quelques crocodiles sur les berges du fleuve. Les voir était une chose, les capturer une autre. Il raconta, à ce propos, une partie de chasse dans laquelle s'étaient lancés, quelques mois plus tôt, des hommes de son village pour le compte d'un Blanc. Alors que la troupe longeait le fleuve, et que le Blanc était à cheval, un énorme crocodile avait surgi de l'eau. Il avait attrapé le cheval par le col et l'avait entraîné avec son cavalier dans la rivière. Les flèches, les cris et les coups de fusil n'y avaient rien fait. L'homme et sa monture avaient disparu dans les flots. Le lendemain, à plusieurs lieues en aval, on avait retrouvé le cheval tout découpé. Quant au cavalier, un pêcheur avait récupéré trois jours plus tard ce qui avait été son chapeau.

Ce récit enthousiasma le marquis :

« Nous y voici ! Dis-moi : les hommes de ton village, est-ce qu'ils chasseraient pour moi ?

— Je crois pas, monsieur. Ils ont eu trop peur.

— Et si je leur donne des cauris, beaucoup de cauris ? »

Le Noir sourit : « Tu as peut-être beaucoup cauris, monsieur. Mais eux, ils ont qu'une vie. »

Durant le reste de la journée, l'humeur du marquis fut massacrante.

*
**

Le soir, heureusement, le gouverneur lui proposa plus d'hommes qu'il n'en avait besoin et lui assura aussi qu'il lui retrouverait son chapeau.

Ce fut une soirée très intéressante à laquelle le marquis assista. Pour faire honneur à son hôte, à moins que ce ne fût pour influencer le compte rendu que ce dernier allait certainement faire au Roi à son retour, le gouverneur invita quelques-uns de ses amis, fit préparer des mets succulents, sortit sa plus belle vaisselle, alluma tous les chandeliers de sa maison et demanda à sa femme et à sa fille de revêtir leurs plus belles toilettes.

On parla beaucoup des Noirs.

Monsieur Grammont raconta qu'au cours de l'un de ses récents voyages d'affaires sur la côte de Guinée, il avait visité une église chrétienne desservie par des Noirs qui chantaient les louanges du Seigneur, vêtus d'un bonnet carré sur la tête, d'une aumusse au bras gauche et, du reste, entièrement nus. « Je vous laisse imaginer ces ecclésiastiques produisant avec ingénuité tout ce que la nature leur a donné de formes athlétiques pour l'édification des fidèles ! » s'exclama-t-il. Le marquis rit beaucoup. Ses compagnons de table, qui connaissaient sans doute cette histoire par cœur, se contentèrent d'un sourire poli.

S'ensuivit une dispute fort vive. On voulut savoir si la parole de Dieu était la même pour les Blancs et pour les Noirs.

« Sans doute, avança monsieur Friot, fait-Il la différence entre les Noirs et les Blancs comme Il fait la distinction entre les nobles et la roture. Je suis sûr que le diable lui-même ne s'y méprend pas : lorsqu'il s'agit de rôtir un Noir, il le brûle à part. »

L'abbé Ginout prit alors la parole : « De la même façon qu'il existe des plantes inférieures et des plantes supérieures, des animaux inférieurs et des animaux supérieurs, il existe des hommes supérieurs à d'autres. Cette supériorité, dont nous rendons grâce à Dieu, ne doit pas nous abuser, messieurs. En nous plaçant au-dessus du monde, Dieu nous a obligés à des devoirs. Il serait criminel de ne pas aider les Noirs à s'élever jusqu'aux valeurs qui sont les nôtres. C'est par notre bouche que Dieu a choisi de s'adresser à eux. C'est grâce à nous qu'ils échapperont aux flammes dont vous les menacez, monsieur Friot.

— Mais qui nous dit, reprit monsieur Germé, que les Noirs sont des hommes ? Est-ce qu'on ne devrait pas plutôt les ranger dans la catégorie des animaux supérieurs ? Auquel cas, nos enseignements seraient une perte de temps et d'argent considérable et...

— Peut-être les Noirs ne sont-ils que des animaux supérieurs, le coupa l'abbé. Mais peut-être aussi ne le sont-ils pas. Dans ce doute, il me semble plus judicieux, et à tout coup plus sûr pour le salut de nos âmes, de les considérer comme des hommes inachevés qu'il nous appartient de parfaire. »

Sans doute était-il passionnant de voir ces esprits se frotter les uns contre les autres pour tenter de faire surgir l'étincelle de la vérité. Mais l'attention du marquis venait d'être soudainement attirée par un tout autre spectacle. Il venait de se rendre compte que la fille du gouverneur avait le plus beau profil du monde. Quel âge avait-elle ? Quinze ans ? Seize ans ? Dès lors, il n'eut plus qu'un seul désir : forcer la porte étroite de ce petit château des merveilles. Et lorsque madame Soulas le questionna à propos de la vie à la Cour de France, c'est à la fille qu'il répondit.

Des heures durant, il fourragea dans ses souvenirs du Louvre et de Versailles comme un serrurier dans son trousseau. Il raconta le grand canal, décrivit le Trianon de porcelaine, les perspectives que Le Nôtre faisait naître dans les jardins de Sa Majesté. A force de marbres et de dorures, de parties de chasse et de soupers sous la lune, l'huis céda. Lorsqu'il prit congé, la demoiselle ne rêvait plus que de ce royaume qui brillait là-bas comme un gros diamant et se désola de voir partir celui qui en était l'écrin.

*
**

Désormais, le marquis alla régulièrement présenter ses hommages à madame et à mademoiselle Soulas. Dans leur salon ombragé de persiennes, il n'avait de cesse de faire reluire cette France lointaine qu'il aurait aimé, disait-il, « leur faire connaître », espérant que le pluriel masquerait ses intentions singulières. La jeune ingénue rêvait de départ. La femme d'expérience qu'était sa mère avait, quant à elle, parfaitement compris que le voyage que promettait cet homme ne dépasserait jamais les frontières d'un lit. Elle ne s'en offusqua pas, persuadée que les cartes de cette petite expédition qu'il venait déployer chez elle à l'heure du thé lui étaient destinées. Mais n'anticipons pas.

*
**

Dans le silence de sa cabine, encore impressionné par les traits de la demoiselle, le marquis s'attela à l'écriture d'un petit madrigal à son intention. Cette pièce lui donna beaucoup de mal. Les premiers vers vinrent facilement, mais les derniers résistèrent.

Il en était à :

Cette petite muse, en charmes, en attraits,
N'est à pas une inférieure...
lorsqu'il alla se coucher.

Le lendemain matin, il était assis à sa table de travail à chercher la suite quand on frappa à sa porte. Fournier venait lui annoncer que le secrétaire du gouverneur venait le chercher. Le gouverneur voulait lui présenter une sélection de chasseurs, et lui rendre son chapeau. « Il a retrouvé mon popin ? Vraiment, ce gouverneur n'a rien à envier à monsieur de La Reynie ! » Le marquis enfila une veste courte, mais alors qu'il s'apprêtait à sortir, il s'immobilisa, comme touché par la grâce. Il revint devant sa feuille et griffonna :

Ainsi pas une, jamais,
N'eut l'esprit et le sein formés de si bonne heure.

*
**

Le soleil était à peine monté dans le ciel que la chaleur était déjà écrasante. Le secrétaire marchait vite. Lorsque le marquis arriva devant le bureau du gouverneur, il était en nage.

Sa surprise fut grande lorsqu'il aperçut, derrière un groupe compact d'hommes, une estrade hérissée d'un poteau auquel était attaché un Noir.

« Place ! Place ! », cria le secrétaire. Les hommes s'écartèrent. Le marquis découvrit le gouverneur assis sur une banquette de velours rouge. Un Noir le protégeait du soleil avec une ombrelle tandis qu'un autre l'éventait avec une branche de palmier.

« Ah ! Marquis ! Vous voici ! Permettez-moi de vous présenter vos chasseurs, votre voleur, et de vous rendre votre chapeau. Venez vous installer près de moi, vous y verrez mieux. Rien de tel que de châtier un Nègre devant ses congénères : tous vous craindront, désormais, et vous obéiront au doigt et à l'œil. Dites-moi, marquis : à combien de coups de bâton estimez-vous votre préjudice ? »

Le marquis blêmit : « Mais... Heu... Je... »

Le gouverneur se pencha vers lui : « Ne vous montrez jamais faible devant eux, jamais. Décidez, vite !

— Eh bien... Heu... Je ne sais pas... Deux ?

— Deux ? Ce n'est pas assez ! Demandez-en au moins cinq !

— Ah ? Eh bien... Cinq alors. »

Le gouverneur claqua des doigts : « Monsieur Debourg : cinq coups... »

*
**

Plus d'une fois, durant l'exécution, le marquis faillit tourner de l'œil. Il faut dire que le secrétaire montra beaucoup de zèle et d'application à accomplir sa tâche. Le premier coup assomma le Noir. Le deuxième lui cassa le nez. Le troisième lui brisa deux côtes, le quatrième lui fractura le bassin et le cinquième le coude gauche.

Lorsque cela fut fini, le marquis était pâle comme un drap. Ses mains et ses jambes tremblaient. Il dut attendre un peu avant de pouvoir se lever.

« L'une des raisons de notre présence ici, lui dit le père Ginout ce soir-là, est de faire apprendre et respecter aux Nègres quelques-unes des lois fondamentales qui leur permettront, un jour, d'échapper aux souffrances éternelles. » Le marquis ne put s'empêcher d'être moins terrifié par l'idée des supplices auxquels l'abbé faisait allusion que par la réalité de ceux que le gouverneur infligeait aux Nègres pour tenter de les y soustraire.

***

Le même soir, enfin revenu de ses émotions, il s'enferma avec Fournier dans sa cabine pour lui écrire ce qu'il attendait de lui : « Un lion, un ou deux crocodiles, un hippopotame, un rhinocéros... Quoi d'autre ?... Heu... Un phénix, un éléphanteau, une hyène, quelques singes et, bien entendu, tout autre animal que vous jugerez intéressant de rapporter. » Il sabla sa feuille, souffla dessus, la plia en quatre et la tendit à son domestique.

« Avez-vous des questions, mon ami ? Non ? Bien. Vous pouvez vous retirer. »

Mais Fournier ne bougea pas.

« Eh bien, s'impatienta le marquis, qu'attendez-vous ?

— Rien, monsieur. Bonsoir, monsieur. »

Daubignan qui passait dans la coursive au moment où Fournier sortait de la cabine fut très impressionné par son visage. On aurait dit qu'il portait un masque de cire.

« Ah Jean ! », s'écria le marquis lorsqu'il aperçut son dessinateur. « Entrez ! Et fermez la porte derrière vous. » Le marquis se laissa glisser au fond de son fauteuil. « Dieu, quelle journée ! Je suis fourbu. Enfin ! Tout est réglé. Fournier part demain avec les Nègres, dès que ces derniers auront terminé d'assujettir les cages aux carrioles. Ah ! vous auriez dû voir ces hommes, Jean ! Forts comme des taureaux mais dociles comme des agneaux. Le plus extraordinaire, c'est que je les ai eus pour rien ! » Il s'étira. « Et vous, mon garçon ? Avez-vous fini par découvrir quelque spécimen intéressant ? »

Daubignan lui tendit ses carnets. Le marquis fit la grimace. Sur toutes les pages, il n'y avait que des oiseaux. « Bah ! finit-il par dire. Ces volatiles plairont peut-être à la Reine. Allons, à table ! Je meurs de faim. »

Durant le souper, le marquis ne se contenta pas seulement d'engloutir de grandes quantités de viande et de vin. Il se gorgea aussi de rêves. Selon ses prévisions, ils appareilleraient au plus tard d'ici deux semaines avec des cales aussi remplies que celles de l'arche de Noé. Il raconta, la bouche pleine, son arrivée à la Cour, l'émoi des courtisans devant la sauvagerie qu'il entraînait derrière lui, la main du Roi qui se posait sur son épaule et sa fortune enfin retrouvée.

Lorsqu'il se réveilla le lendemain, il avait mal à la tête, et Fournier était parti depuis longtemps.

XII

La façon dont monsieur Grammont était arrivé en Afrique, quinze ans plus tôt, était assez cocasse. Originaire de Marseille, ce fils de maraîcher avait, à la suite de diverses circonstances, fini par occuper un modeste emploi auprès de l'administration maritime. Son sens inné mais remarquable pour mener des affaires ne tarda pas à le faire monter en grade. Deux ans plus tard, il occupait le poste de secrétaire de l'administrateur du port.

Si l'on peut s'offusquer de voir qu'on refuse à un homme de basse condition une place à haute responsabilité, on peut tout aussi bien comprendre qu'on la lui retire si un monsieur à particule la désire. Comme Grammont avait quelques relations et qu'on voulait éviter le scandale, on chercha longtemps le moyen de se débarrasser de lui. On chercha. On chercha encore. Et puis on trouva. Un matin, l'administrateur lui proposa d'embarquer pour Saint-Louis avec, en poche, une rente confortable et l'assurance d'un bel emploi dans le commerce local de l'ivoire.

Sur l'île, le personnage était peu apprécié. Mais c'était moins pour ses basses origines que parce qu'il avait longtemps vécu avec une Noire. Qu'on fasse de ces femmes des maîtresses et qu'on les engrosse passe encore, mais qu'on vive avec elles et qu'on leur soit fidèle, voilà qui défiait l'entendement.

Cette femme lui avait donné deux filles. La première était morte à la naissance, et l'on avait vu là le signe de la désapprobation divine. La deuxième avait fait mourir sa mère en couches. Le signe s'était fait preuve. L'enfant avait survécu. Elle avait grandi. Ses traits étaient assez fins. Mais sa couleur brune gâtait tout.

On tolérait Grammont pour sa fortune et sa connaissance du milieu africain. Durant les dîners, on faisait de grands efforts pour lui sourire, pour trouver de l'intérêt à ses histoires ou s'asseoir à côté de sa mauresse quand il l'amenait.

Sa réputation se dégrada lorsqu'on apprit qu'il avait invité le marquis et son dessinateur à souper chez lui, sans rien dire à personne.

Le marquis, qui ignorait tout des origines de son hôte, avait accepté l'invitation avec plaisir. Vraiment, ces gens faisaient tout pour lui être agréable.

Durant le souper, Grammont parla peu de son commerce et beaucoup de sa passion pour la chasse. Il raconta ainsi une partie très impressionnante. « Un après-midi, j'avançais seul dans la savane, à la poursuite d'un lion gigantesque que j'avais blessé le matin. Sa trace était fraîche. Soudain, dans un buisson, un craquement. J'ai à peine le temps de tourner la tête. La bête me bondit dessus. Si je n'avais aussitôt pointé mon fusil, je ne serais pas là pour vous en parler ! Ma balle lui perce la tête de part en part. Dans son élan, l'animal s'abat sur moi. Impossible de bouger. De sa blessure s'échappaient de formidables torrents de sang. J'en étais couvert de la tête aux pieds. Combien de temps suis-je resté à baigner dans cette immense mare rouge ? Je ne sais plus. Toujours est-il que j'arrive à me dégager. Je vous laisse imaginer la tête des gens lorsque je suis arrivé à Saint-Louis, couvert de sang, traînant le cadavre du lion derrière moi. »

Ce récit fit resurgir dans l'âme du marquis le souvenir de l'exécution. Il frissonna. Toutes ces scènes étaient si brutales, si sanglantes !

Voyant le vif intérêt de son hôte pour la chasse, Grammont lui proposa de lui organiser une battue au lion. Le marquis accepta volontiers.

La conversation tourna. Grammont demanda au marquis de parler de la France, du Roi, de la Cour... Si sa fille fut captivée par la description des palais et des jardins, il fut, quant à lui, surtout intéressé par la mésaventure qui était arrivée à un certain monsieur de Verandois :

« Le comte essayait d'attirer l'attention du Roi au moyen de tenues extravagantes et de puissants éclats de voix, lui expliqua le marquis. Or, Sa Majesté, vous le savez peut-être, déteste le bruit. Pour bien montrer au comte comment il devait se comporter, Elle ne lui adressa plus la parole. Dépité, le comte alla à la guerre, espérant que des faits glorieux lui feraient reconquérir sa place. Il fut six mois sans rentrer. Il revint, le bas de la mâchoire emporté par un obus. C'est ainsi qu'il se présenta au Roi un matin. Savez-vous ce que ce dernier lui dit ?

"Monsieur de Verandois ? C'est impossible. Je connais cet homme et je parierais que, même s'il avait eu la bouche arrachée, il aurait trouvé quelque chose à nous dire. Je ne vous connais pas, monsieur".

Autant vous dire, cher monsieur Grammont, que ce trait fut rapidement connu et que tout le monde fit de son mieux pour ne pas reconnaître le comte. Il repartit à la guerre. Et cette fois-ci, pas un seul morceau ne revint. »

***

Ce soir-là, Daubignan demanda au marquis :

« Est-il possible de tomber amoureux d'une femme qu'on n'a vue que quelques instants ? »

Le marquis sourit : « Il m'avait bien semblé au cours de ce dîner lire sur votre figure les marques de la passion. Il est vrai que cette mulâtre est intéressante... » Il marqua un temps. « Vous aimez, dites-vous. Mais savez-vous seulement ce que c'est que l'amour ? Comme beaucoup, vous confondez sentiment et désir. Vous croyez que l'amour parle quand c'est le corps qui murmure. Oui, mon garçon, la chair seule parle entre un homme et une femme. Il n'y a rien d'autre, dans cette relation, que des humeurs qui s'attirent et des parties qui s'emboîtent. Laissez votre âme en dehors de tout cela. Elle n'a rien à y faire sous peine de courir au-devant de graves afflictions. Sa substance et ses valeurs sont autres : elle se pique de fidélité et d'éternité quand la nature réclame l'inverse. Cette jeune fille qui vous ensorcelle aujourd'hui, que sera-t-elle demain ? Imaginez-la sans détour, regardez-la : le visage creusé de rides, les seins pendants, le ventre plus sec qu'un désert et un jour se liquéfiant au fond de la terre. N'aimez pas les femmes, Jean, mais désirez-les comme on désire, le soir, une nourriture dont on connaît l'issue pour le lendemain. Donnez à votre corps corruptible la chair périssable qui le sustentera, variez les plats et le service et confiez à votre âme immortelle la noble et exclusive tâche d'aimer Dieu et de se faire aimer de lui. » Il bâilla. « Allons. Il est tard. Bonne nuit, mon garçon. »

*
**

Heureux d'avoir vu Daubignan s'ouvrir enfin aux choses de la vie, désireux de le faire progresser sur la voie du seul désir, le marquis entreprit, durant les jours qui suivirent, de lui faire connaître le détail des expérimentations amoureuses qu'il entendait mener auprès des dames Soulas.

Si la pucelle était sur le point de lui céder, la présence de sa mère ainsi qu'une timidité excessive lui faisaient chaque fois repousser ses avances.

« Que feriez-vous à ma place, Jean ?

— Ce que...

— Oui, que feriez-vous ?

— Je ne sais pas...

— Allons ! Un peu d'imagination que diable !

— ...

— Eh bien je vais vous le dire : vous séduiriez la mère et vous coucheriez avec elle.

— Ah ?...

— Ensuite vous feriez tout pour que la fille l'apprenne.

— ?

— Mais oui ! Imaginez que la jeune vous découvre dans les bras de la vieille : non seulement celle-là n'aura désormais plus rien à craindre de sa mère adultère, mais vous pouvez également être assuré que la jalousie qui hante naturellement le cœur des femmes lui fera alors déployer des trésors d'imagination pour vous faire préférer son lit. »

Cette leçon ne valut qu'en théorie. Car si le marquis fut effectivement surpris par la fille – qui, soit dit en passant, n'était pas plus pucelle que Marie-Madeleine – dans les bras de la mère, quelques jours plus tard, ces femmes, plutôt que de devenir rivales, se firent complices. Et c'est ainsi qu'après avoir un temps navigué d'une maîtresse et d'un lit à l'autre, il finit par mouiller avec les deux toujours dans le même.

*
**

Le marquis était un serrurier hors pair : non content d'avoir forcé les portes des dames Soulas, il parvint, quelques jours plus tard, à faire s'ouvrir toutes grandes celles des autres dames de Saint-Louis.

Il faut dire que les dames Soulas, si fières de voir ce gentilhomme venir leur présenter ses hommages, n'avaient pas tardé à convier leurs amies à assister à ce spectacle. Il suffit d'une seule représentation pour que celles-ci se prennent à rêver de mieux connaître ce merveilleux comédien et de lui donner à leur tour la réplique.

Jusqu'au retour de Fournier, il ne fut plus un jour sans que le marquis ne fût prié de venir exercer son art tantôt chez l'une, tantôt chez l'autre.

Il rentrait tard, se levait plus tard encore, et lorsqu'il ne quittait pas *L'Aurore*, c'était pour rester enfermé dans sa chambre à caresser la Muse – violer serait un terme plus exact :

Belle et jeune guerrière, une preuve assez bonne
Qu'on suit d'une amazone et la règle et les vœux,
C'est qu'on n'a qu'un téton... Je crois, Dieu me
pardonne,
Que vous en avez déjà deux.

Et pour ses archives, il notait :

Madame Germé : jolie taille, oreilles fines, bouche charnue, se plaît aux positions contre nature. Très bien.
Madame Girard : jambe élégante, yeux bleus, belle poitrine, bouche experte. Très bien.
Madame Farci : bassin trop large, trop bruyante. A éviter.

XIII

Décidément, la vie à Saint-Louis était très intéressante. Un matin que le marquis s'apprêtait à quitter *L'Aurore*, quelque chose, au fond de la place, retint son attention. Un étrange cortège tentait de se frayer un passage dans la foule. Derrière un énorme Noir assis sur une chaise de bambou que portaient quatre Nègres, une vingtaine d'esclaves avançaient, enchaînés par le cou et encadrés par d'autres indigènes. La plupart des prisonniers étaient nus, mais d'autres étaient habillés comme pour un carnaval, de perruques, de plumes, de chapeaux et de culottes bigarrées.

Le cortège venait souvent buter contre des étals, repartait, était emporté par un courant de foule inattendu, disparaissait derrière une toile de tente, surgissait de derrière une autre. Après avoir contourné un banc de parasols, il finit par embouquer un étroit canal bordé de cages et d'étoffes et aborda non loin de *L'Aurore* devant un galion portugais arrivé la veille et au pied duquel se tenaient deux Blancs.

Tandis que l'on déposait l'imposant personnage, l'un des Blancs s'avança vers les esclaves. Il leur palpa les membres et les parties, leur examina l'intérieur de la bouche, les fit marcher et tousser en tenant la main sur l'aine. Pas une seule fois, durant cet examen, les prisonniers ne se révoltèrent. Ils attendaient docilement que leur tour vienne et, lorsqu'il venait, faisaient ce qu'on leur ordonnait de faire. Au bout d'une vingtaine de minutes, le négrier en avait sélectionné plus de la moitié.

Les trois hommes marchandèrent avec de grands gestes et des mots que le marquis ne comprit pas. Quelques minutes plus tard, l'affaire était conclue et les esclaves disparaissaient dans le navire.

Cette scène impressionna tellement le marquis que, le soir même, au cours du souper chez le gouverneur, il demanda au père Ginout : « Pourquoi les Noirs acceptent-ils si facilement leur condition d'esclaves ? »

L'abbé cessa de mastiquer, considéra gravement le marquis : « Connaissez-vous l'histoire qu'on raconte à propos d'Epictète ? On dit que celui-ci fut un temps l'esclave d'Epaphrodite et qu'un jour, il accepta sans broncher que son maître lui brise la jambe... Vous savez pourquoi ?

— ...

— C'est parce qu'il savait qu'il est naturel que des hommes gouvernent et que d'autres obéissent.

Il ne se révolte pas parce qu'il sait qu'il ne s'agit pas de vouloir passer d'un état à un autre, mais de se tenir à celui qui nous a été assigné. Saint Paul lui-même ne nous dit-il pas de rester là où Dieu nous a placés, là où Il nous a appelés ? Sans doute les Noirs ne sont-ils pas philosophes non plus que bons chrétiens. Mais leur état de nature leur permet de comprendre cette loi élémentaire. Tenez ! Je serais prêt à parier que si nous allions maintenant délivrer vos Noirs, ils resteraient sagement assis à côté de nous, comme des chiens auprès de leur maître. »

Lorsqu'il fut l'heure de se séparer, l'abbé dit au marquis : « Un conseil, monsieur le marquis : évitez monsieur Grammont. C'est un personnage peu fréquentable. »

*
**

L'avertissement de l'abbé entra dans l'oreille gauche du marquis et en sortit par la droite. Il trouvait monsieur Grammont sympathique et n'entendait pas se laisser dicter sa conduite. Pour bien marquer sa liberté, c'est avec grand plaisir qu'il accepta, le lendemain, de se rendre au nouveau souper auquel monsieur Grammont les convia, lui et son dessinateur.

Ce soir-là, on évoqua longuement la prochaine partie de chasse.

A la fin du souper, Grammont leur dit : « Voulez-vous le voir ?

— Pardon ?

— Le lion que j'ai tué. Vous voulez le voir ?

— Ah ?... Volontiers... »

Grammont les entraîna dans une petite pièce plongée dans l'obscurité. Il alluma une bougie.

Le marquis avait déjà vu des lions, mais dans des livres. Lorsqu'il vit celui de Grammont pendu au mur, son cœur s'arrêta de battre. Cette bête était énorme. Son œil vous perçait jusqu'à l'âme. Ses dents étaient longues et pointues, ses pattes gigantesques. Un seul coup aurait suffi à vous arracher un bras. C'était cette chose qu'ils allaient chasser ?

Si le cœur du fils Daubignan s'arrêta de battre, ce fut surtout parce que la peau de ce monstre était parfaitement conservée. Son poil brillait et était doux au toucher. Ses yeux étincelaient. Ses babines avaient gardé une souplesse extraordinaire.

« Regardez ! fit Grammont qui éleva sa bougie, voici le trou que fit ma balle. Juste entre les deux yeux ! J'ai longtemps cru que cette peau serait irrécupérable... Mais le vieux Moïse a fait des miracles !

— Moïse ? demanda Daubignan.

— Un vieil homme qui n'a pas son pareil pour conserver les peaux. Je vous le présenterai, si cela vous intéresse. »

Cette nuit-là, le marquis et son dessinateur tardèrent à s'endormir. L'un parce qu'il s'impatientait de faire la connaissance d'un homme, l'autre, parce qu'il s'épouvantait de bientôt rencontrer un lion.

XIV

Si l'Egypte est un don du Nil, les terres qui ceinturent Saint-Louis sont un don du Sénégal. Le marquis, monsieur Grammont, le gouverneur, monsieur Debourg, monsieur Friot et deux guides chevauchèrent longtemps parmi des paysages verdoyants. Ils longèrent d'innombrables cours d'eau qui tressaient entre les herbes des cordes d'argent.

Ce n'était pas Grammont qui avait eu l'initiative de cette battue. C'était le gouverneur. La veille, alors qu'on en était à boire une liqueur d'acajou sur sa terrasse, il avait surpris tout le monde en annonçant qu'il voulait aller chasser le lion le lendemain.

« Demain ? avait fait le marquis... Mais c'est que... Je ne sais pas si...

— Que signifie cet embarras, Dunan ? Auriez-vous peur ?

— Peur ? Moi ? Ah ! Ah ! C'est mal me connaître, gouverneur... »

Il n'avait pas dormi de la nuit. Le lendemain, à l'aube, il s'était présenté chez le gouverneur avec un fusil damasquiné, marqué à ses initiales. « Nous n'allons pas chasser le lapin, Dunan ! » s'était esclaffé Soulas. Il lui avait alors prêté un énorme fusil, un grand couteau, et ils étaient partis.

La température était douce, le ciel d'un bleu profond, mais tout le monde était tendu, à commencer par le marquis. Il en était un autre dont l'inquiétude était plus étonnante : Grammont jetait autour de lui des regards anxieux. Il transpirait beaucoup.

Pour essayer de détendre l'atmosphère, le marquis raconta comment se déroulaient les parties de chasse à la Cour :

« Il faut voir le raffinement des équipages, le faste des officiers de la grande écurie lorsqu'ils se lancent à la poursuite des bêtes. Et le Roi ! Ah ! Le Roi ! Quel spectacle quand Il passe sur son cheval bai, si noble, si fier, avec dans les yeux cette terrible lueur annonciatrice des futures victoires. »

Ses propos n'attirèrent qu'une attention polie.

Peu à peu les sources se tarirent, l'herbe verte se raréfia. Ils ne longèrent bientôt plus que des terres assoiffées et des coteaux nus, traversèrent des forêts de petits arbres secs à l'ombre odorante mais pauvre. Parfois, un village se détendait dans l'air en tremblant ; des silhouettes d'hommes ou d'animaux surgissaient au détour d'un champ. De loin en loin, des arbres immenses veillaient sur ce monde désolé, comme des sentinelles désœuvrées.

Au détour d'une petite colline, le groupe buta contre une forêt très dense. Il fallut abandonner les chevaux. Au moment où il mettait pied à terre, monsieur Friot chuchota au marquis :

« Il vaut mieux que vous ne vous approchiez pas trop de monsieur Grammont durant la battue. Il est piètre tireur et risquerait de vous blesser... »

Cette mise en garde sonnait faux. Il flottait dans l'air quelque chose d'étrange. Le marquis n'eut pas le temps d'approfondir sa pensée. Déjà, le gouverneur s'engageait dans le bois.

On marcha durant des heures dans un monde habité de chants d'oiseaux et de murmures de rivières. L'air avait agréablement fraîchi. Le ciel ne se résumait plus qu'à quelques taches bleues que traversaient parfois des oiseaux ou des singes criards. On parla peu.

Plus d'une fois, le marquis regretta sa vantardise de la veille. Ses pieds lui faisaient mal. Des moustiques le piquaient. Des moucherons lui entraient dans la bouche, les oreilles et les trous de nez. Sa perruque s'accrochait aux branches. La lanière de son fusil lui cisaillait la base du cou. La forêt s'éclaircit. Ils débouchèrent sur un promontoire qui permettait d'embrasser d'un seul regard d'immenses étendues de terre et de ciel. Jamais le marquis n'avait vu un tel spectacle. En bas, dans la vallée, des chevaux blancs striés de noir paissaient. Des vaches noires aux cornes impressionnantes galopaient dans de grands tourbillons de poussière. Tout au fond, les contours d'une montagne vacillaient dans une brume bleue. Ils restèrent là un long moment, sans rien dire. Un rugissement formidable déchira le silence. C'était comme un cri arraché du ventre. Les zèbres s'enfuirent. L'air s'emplit de cris de singes, de meuglements affolés. Des oiseaux s'envolèrent.

« Ils sont là ! », fit le gouverneur dont la moitié du visage s'éclaira d'une terrible lueur. « Ils sont là ! Ils nous ont sentis. »

Le cœur du marquis palpitait dans sa gorge. Des frissons lui coururent l'échine. Ce cri avait été si rauque, si sauvage... Il aurait voulu s'enfuir, lui aussi. Il s'en voulut beaucoup de n'être pas resté à Saint-Louis, avec Daubignan qui devait être chez l'empailleur de Grammont.

Ils descendirent une pente rocailleuse qui s'éboulait par endroits. Au terme de quelques acrobaties, on arriva en bas. Il flottait dans l'air un parfum de jasmin. La chaleur était étouffante.

Devant le marquis, les guides humaient l'air. Soudain ils se mirent à avancer, penchés sur la terre. « Vite, s'écria le gouverneur. Ne les perdons pas ! » Ils marchèrent ainsi sur plusieurs lieues. Dans sa peur de perdre le groupe, le marquis ne voyait rien de ce qui l'entourait. Il marchait, les yeux fixés sur les talons de monsieur Friot. Des branches lui giflaient le visage, des ronces lui griffaient les mollets, des marigots lui enserraient les pieds, sa perruque lui tombait sur les yeux. Il regrettait Chambord, ses forêts de chênes, ses cerfs, ses renards et ses lapins.

Au bout d'un temps qui lui parut interminable, Friot s'arrêta. Là-bas, les guides étaient accroupis. Ils montraient quelque chose sur le sol. C'étaient deux énormes empreintes de patte. « Les voilà, chuchota le gouverneur. Les guides disent qu'ils sont tout près. Nous allons nous séparer. Friot, vous allez avec Dunan. Je prends les guides. Vous, Grammont, vous allez avec monsieur Debourg. »

Grammont blêmit :

« Pardonnez-moi, mais...

— Mais quoi, Grammont ?

— Eh bien, je pensais...

— Ne pensez pas, Grammont. Contentez-vous de faire ce qu'on vous dit. »

Puis, se tournant vers le marquis : « Un dernier conseil, Dunan. Si par hasard vous étiez désarmé et qu'un lion vienne vers vous, ne fuyez surtout pas. Agitez les bras en criant très fort.

— Et regardez-le droit dans les yeux, ajouta Debourg avec un méchant sourire. Il sait lire la peur ou le courage. Si c'est la peur, il charge. »

On se quitta en se souhaitant bonne chance.

*
**

Derrière monsieur Friot, le marquis s'entraîna à affermir son regard sur tous les troncs d'arbre qu'il croisa.

Il en était à regarder une branche avec le plus de méchanceté possible, quand son compagnon se jeta au sol. Le marquis s'accroupit aussi vite qu'il put et se porta à sa hauteur à quatre pattes. Devant eux, de l'autre côté d'un buisson épineux, ce n'était pas un lion, mais quatre qui se prélassaient à l'ombre d'un sycomore. Tout l'entraînement du marquis s'évanouit à cet instant. Ces bêtes étaient gigantesques. Par moments, le vent portait leur odeur. C'était quelque chose de très puissant, qui prenait le ventre en même temps que le nez, un parfum violent plutôt qu'une puanteur.

« Que faisons-nous ? chuchota le marquis.

— Un peu de patience, répondit Friot. Nous ne sommes pas bien placés. Je ne voudrais pas que... »

Il n'acheva pas. Quelque chose d'extraordinaire venait de se produire : Grammont venait de surgir derrière un buisson. Il avançait droit vers les lions, sans arme, livide.

Le marquis n'en croyait pas ses yeux. Cet homme était-il devenu fou ? Quel pari insensé avait-il fait pour oser se présenter ainsi devant ces monstres ? Les bêtes avaient levé la tête. Grammont avança encore. Les lions s'étaient redressés en grondant. Lorsqu'il ne fut plus qu'à cinq pas, Grammont s'arrêta.

C'est alors que le marquis aperçut Debourg qui, de l'autre côté des broussailles, menaçait Grammont de son fusil. Qu'est-ce que cela voulait dire ?

Grammont ne bougeait pas. Il regardait les lions

fixement. Les bêtes tournaient sur elles-mêmes, fouettaient l'air de leur queue, l'emplissaient de rugissements rauques. Ce face-à-face était terrifiant. Soudain, d'un seul élan, comme s'ils s'étaient entendus, les fauves s'enfuirent.

Un instant encore, Grammont resta immobile, les bras le long du corps. Puis tous ses membres se mirent à trembler. Il tomba à genoux. Dunan allait se précipiter vers lui lorsqu'un coup de feu claqua. Grammont tomba face contre terre comme un sac de sable.

« Mais ? fit le marquis.

— Par Dieu, taisez-vous ! » murmura Friot qui lui saisit le bras.

Debourg venait de paraître dans la clairière. Il s'approcha du corps de Grammont, le retourna d'un coup de pied, l'observa. Puis il mit son fusil en bandoulière, saisit le cadavre par les pieds et, le tirant derrière lui, disparut par où il était venu.

« Me direz-vous enfin ! fit le marquis, pâle comme un spectre.

— Le gouverneur n'aime pas qu'on le trompe. Surtout pas avec sa femme... C'est avec elle qu'il a surpris Grammont hier matin. Ne regrettez pas trop Grammont, marquis : c'était un homme de peu de principes... Maintenant, si vous ne voulez pas avoir d'ennuis, faites comme moi. Oubliez ce que vous venez de voir... »

*
**

La seule dépouille qu'on rapporta ce jour-là fut celle de Grammont qu'on avait jetée en travers de sa selle.

Ce fut un voyage épouvantable. L'œil fixé sur le cadavre, le marquis n'eut de cesse de s'horrifier de la cruauté de ces hommes et de s'épouvanter de ce qui allait lui arriver si le gouverneur apprenait ce qu'il faisait avec sa femme et sa fille.

*
**

Il passa les jours suivants enfermé dans sa cabine, à trembler. Le moindre coup à sa porte le faisait sursauter. La moindre évocation du nom du gouverneur ou de son secrétaire allumait en lui une terreur panique. Ah ! Comme il regrettait d'avoir fauté avec les femmes Soulas. La mort de Grammont lui avait servi de leçon. Il ne recommencerait plus ! Il le jurait ! Il aurait voulu demander pardon. Mais à qui ? Même Dieu lui était inaccessible tant qu'il aurait les oreilles et la bouche du père Ginout.

L'enterrement de Grammont eut lieu trois jours plus tard. Le marquis n'eut pas le courage de s'y rendre. Il aurait trop eu l'impression d'assister à la répétition du sien.

Il manqua un très joli spectacle. L'abbé Ginout fit une brillante homélie ; le gouverneur un beau discours. Monsieur Friot se désola beaucoup de ces stupides accidents de chasse. Appuyée sur le bras de sa fille, madame Soulas resta très digne. Elle pleura un peu, se moucha délicatement et passa le reste du temps à guetter la charmante tête de monsieur de Dunan.

Quant à la fille Grammont, elle fut d'une grande vulgarité. Elle passa toute la cérémonie effondrée sur le cercueil de son père, à pleurer et à renifler bruyamment.

XV

Les chasseurs rentrèrent le matin du 6 juin. Il était très tôt. Le ciel, la mer et la terre étaient encore couverts de brume. A tribord, un formidable rugissement perça le brouillard.

Le marquis fut le premier à se précipiter contre le bastingage.

« Les voilà ! Les voilà !

— Où ça ?

— Vous êtes sûrs ?

— Je ne vois rien !

— Taisez-vous, bon sang ! Ecoutez. »

On écouta. On n'entendait rien.

« Là ! Là ! Regardez ! »

Une dizaine de pirogues venaient de paraître chargées d'hommes et de cages à l'intérieur desquelles s'agitaient des formes fantastiques.

*
**

Si le marquis s'enthousiasma de voir un lion, un léopard, une antilope, une girafe, un éléphanteau et des dizaines de singes disparaître dans l'obscurité des cales de *L'Aurore*, il s'épouvanta aussi de voir Fournier paraître allongé sur une civière. Le sang avait quitté son visage. Ses lèvres étaient bleues. Il respirait avec peine. Il ne reconnut personne.

Ainsi que le marquis l'apprit de la bouche des chasseurs, son domestique avait eu une partie de la jambe gauche déchiquetée par un lion six jours plus tôt, alors que la troupe faisait halte près d'un point d'eau. C'était un miracle qu'il fût toujours en vie. Les chasseurs avaient badigeonné sa blessure d'une sorte de pâte malodorante qui avait arrêté l'hémorragie. Le marquis découvrit avec effroi, lorsqu'on retira les linges, que l'horrible odeur ne venait pas de l'onguent mais de la jambe elle-même.

Ce fut le capitaine qui parla d'amputation. Mais si ce remède était, selon lui, le seul approprié, il dut admettre qu'il ne connaissait pas de médecin en mesure de le lui administrer.

« Moi si ! dit le marquis... Jean !

— Comment cela, moi ?

— Mais oui ! Vous ! Votre expérience... L'équarrissage... Les animaux... Ne me dites pas que vous ne vous souvenez plus...

— Fournier n'est pas un animal ! Et puis, il... Enfin, mes bêtes étaient... mortes... Jamais je ne pourrai... Pourquoi n'envoyez-vous pas chercher un vrai médecin ?

— Le temps qu'il arrive, Fournier pourrait bien être déjà mort. Allons. Nous n'avons pas une minute à perdre. Descendons-le dans la cale. Je suis convaincu que vous réussirez mon garçon ! Et puis nous... Vasseur vous secondera. »

Heureusement pour Daubignan, la blessure de Fournier était assez nette. Il n'eut qu'à découper au-dessous du genou quelques filaments de chair ainsi que les tendons qui retenaient à la cuisse saine la partie morte et déjà noire. Monsieur Darville cautérisa la plaie comme il l'avait, certifia-t-il, « déjà vu faire » : il trempa le moignon dans une bassine d'huile bouillante. La douleur fut telle, qu'elle tira Fournier de l'évanouissement dans lequel il était miraculeusement resté plongé tandis que Daubignan coupait ses tendons. Ses yeux s'ouvrirent tout grand. Il voulut crier, mais aucun son ne sortit de sa gorge. Son corps se tendit si violemment que Vasseur qui le tenait pourtant fermement aux épaules dut lâcher prise. Puis il retomba, vaincu par une douleur trop grande.

Les jambes de Daubignan tremblaient. Sa tête tournait. Il remonta l'escalier plus mort que vif et buta contre le marquis.

« Eh bien, Jean ?

— Je ne sais pas... »

Il fut sur le point de tomber, mais le marquis l'agrippa par le bras et l'entraîna vers le pont :

« Nous avons fait ce qui était en notre pouvoir,

lui dit-il. Son destin est maintenant entre les mains de Dieu. »

***

L'après-midi, la chaloupe de *L'Aurore* s'éloigna vers le milieu du fleuve. Elle emportait le corps de Fournier cousu dans un drap. Le ciel était bas, l'air un linge mouillé. Le corps fit un bruit mou lorsqu'il pénétra dans l'eau. Un instant, le linceul s'immobilisa entre deux eaux, comme s'il hésitait entre la surface et l'abîme. « Le lest ! » cria quelqu'un. Et puis, comme s'il acceptait enfin sa défaite, Fournier s'inclina doucement et disparut dans les ténèbres.

Cette nuit-là, Daubignan ne dormit pas. Devant lui, Fournier n'en finissait pas de tomber dans l'eau noire. Il l'appelait, et ses mots montaient jusqu'à lui, mais enfermés dans des bulles, et les bulles crevaient, et ça faisait comme des bruits de couteaux qu'on aiguise.

Le marquis lui non plus ne ferma pas l'œil de la nuit. Il la passa dans la cale avec ses bêtes. Au milieu des cris et des feulements, il se désola beaucoup de la mort de son domestique.

Vers le matin, à force de voir passer dans les yeux scintillants de ses animaux l'éclat de son avenir rempli d'or, de gloire, de marbre, de lustres et de tapis, il allait un peu mieux.

*
**

Le lendemain après-midi, le marquis fut très surpris de voir le père Bernard paraître sur le pont de *L'Aurore*. Comme il avait maigri ! Ses traits étaient tirés, ses yeux enfoncés dans leur orbite. Ses mains tremblaient. Lorsqu'il vit le marquis, son visage s'éclaira d'un pâle sourire.

« Père Bernard ! s'écria le marquis. Quel bon vent vous amène ? »

Ce n'était pas un vent qui ramenait l'abbé. C'était une bourrasque de désastres. Ainsi qu'il l'expliqua au marquis d'une voix blanche, il avait, en un peu plus d'un mois, failli mourir trois fois : la première d'une pneumonie, la deuxième de coliques et la troisième d'un coup de lance d'un sauvage qu'il s'apprêtait à bénir. « Ah ! Ce fut horrible... Horrible... », murmura-t-il.

Et, plongeant ses yeux enfiévrés dans ceux du marquis : « Je vous en supplie, monsieur. Ne me laissez pas ici. »

*
**

Le capitaine fit mettre à la voile tôt le lendemain, juste après avoir achevé de charger plusieurs barriques d'huile de palme, des dizaines de cornes d'ivoire, des peaux de léopard et deux Nègres qu'il comptait offrir à ses amis à son retour.

Sur le port, malgré l'heure matinale, un petit groupe de femmes vint assister à l'appareillage, parmi lesquelles madame et mademoiselle Soulas. Elles guettèrent vainement le visage de leur amant : durant toute la manœuvre et jusqu'à l'embouchure du Sénégal, celui-ci préféra rester sagement dans la cale à contempler ses bêtes.

XVI

Les hommes étaient repartis à l'assaut des haubans ; la cloche de quart s'était remise à sonner, les voiles à claquer. Tout cela s'accompagnait de chants, de barrissements, de rugissements, d'odeurs d'excréments et de vinaigre. Au cours des nuits calmes, il suffisait parfois d'un simple sifflement, d'un court grognement, pour que l'énorme vacarme reprenne et empêche tout le monde de dormir. Nul doute qu'un bateau qui serait venu vers *L'Aurore* par une nuit sans lune aurait cru, en entendant ces hurlements, qu'il s'apprêtait à pénétrer en enfer.

Malgré ces éprouvantes conditions, monsieur de Dunan faisait montre d'une remarquable bonne humeur. Il passait sur le pont le pas vif et la voix enjouée, s'enquerrait de la bonne marche du navire et de la santé de chacun.

Celle du père Bernard l'inquiétait. Parfois, au cours des repas, l'abbé s'arrêtait au milieu d'une phrase. Il restait la bouche ouverte, les yeux et la fourchette dans le vide. Le jour, il passait sans rien voir, ou plongé dans sa Bible.

Un jour, le marquis le surprit adossé au grand mât qui lisait à voix basse un passage de l'*Ecclesiaste*. « *La destinée des fils des hommes et des animaux, c'est tout un : même fin les attend. La mort de l'un, c'est la mort de l'autre. A tous deux est donné le même souffle, et la supériorité de l'homme sur la bête est nulle, car tout est vanité.* »

Cela n'aurait pas été si étonnant si l'abbé, se tournant vers lui, ne lui avait pas demandé : « Dites-moi, marquis... Croyez-vous que les animaux ont une âme ? »

Le marquis se plongea aussitôt dans ses livres de médecine. Il prépara des tisanes et des potions qu'il fit boire à l'abbé, parfois même à son insu, lui chanta des chansons drôles.

De la chemise
Chantons le bonheur sans pareil :
Que ne puis-je à la jeune Lise
Tenir lieu, pendant son sommeil,
De sa chemise.

Malheureusement, cela n'y changea rien. Au contraire, même. L'état de l'abbé empira.

Par précaution, le marquis préféra abandonner ses traitements.

*
**

Les dîners et les soupers avaient vu se multiplier les *toasts*. Le marquis buvait au Roi, le capitaine aux Noirs et monsieur Darville aux vents. Chacun célébrait son élu avec gravité et une généreuse rasade d'eau-de-vie avalée cul-sec.

Ce fut bientôt à celui dont le nombre de *toasts* l'emporterait sur celui des autres. Si le marquis partait favori, il serait faux de croire qu'il ne connut pas d'opposition. Monsieur Darville était un redoutable adversaire. Un soir, c'est même lui qui emporta la partie par quarante et un « Aux vents » contre trente-neuf « Au Roi », avant de s'écrouler le nez dans son assiette.

*
**

Quand il ne faisait pas la sieste ou qu'il ne passait pas son temps à rédiger le compliment qu'il destinait au Roi, le marquis s'occupait de l'éducation de Daubignan. Pour que, une fois dans le grand monde, le garçon n'y passe pas pour un sot et, par là même, ne lui fasse pas trop honte, il lui en enseigna les goûts et les usages.

Il lui expliqua, entre autres, qu'il n'était pas bien vu de trop paraître à la Cour, non plus que de ne pas assez s'y montrer ; que, l'hiver, les cheminées du Louvre tiraient si mal qu'il n'était pas rare que le palais tout entier soit rempli de fumée ; que durant les soupers le Roi donnait à ses meilleurs sujets des sièges à accoudoirs ; qu'il existait des fonctions étonnantes comme celle, très enviée, de « ministre des commissions du Roi » qui consistait à aller vider le pot de chambre de Sa Majesté.

Pour que son éducation soit complète, il alla jusqu'à lui enseigner les règles du billard avec des boulettes de pain ainsi que celles, plus ou moins légales, de jeux d'argent comme le lansquenet ou le pharaon.

« Il vous faudra faire particulièrement attention à monsieur Dangeau, à monsieur d'Antin et à monsieur Lassalle, le mettait-il en garde. Ces trois-là forment un redoutable brelan de crapules. Ils fondent sur vous comme des aigles et, si vous n'y êtes pas préparé, vous tondent en quelques minutes. »

Il vérifia régulièrement les progrès de son élève en le faisant jouer avec son argent contre le capitaine et son second. Daubignan lui fit perdre des sommes considérables. Les exercices s'interrompirent. « Ne désespérons pas, Jean. Nous finirons bien par vous trouver d'autres qualités... Tiens ! Savez-vous tirer au fusil ? »

Une nouvelle fois, le marquis dut reconnaître sa faillite lorsque Daubignan, qui voulait tirer sur un flacon d'eau-de-vie placé à trois pas de lui, ne réussit qu'à emporter le chapeau de monsieur Darville.

***

Parfois encore, le marquis descendait visiter ses bêtes avec son dessinateur. « Quelles étranges créatures ! », s'écriait-il. Il poussait l'éléphant du bout de sa canne. « Regardez cette trompe, Jean !

J'en connais à Paris qui paieraient cher pour posséder un tel instrument ! Ah ! Ah !... Oh ! Et les cornes de cette... Heu... Cette chose, là ! J'en connais d'autres qui en ont d'identiques mais qui, eux, donneraient tout pour s'en débarrasser ! Oh ! Oh ! Et la couleur de celui-ci ! Et la forme de celui-là ! Ah ! vraiment, l'imagination de Dieu est prodigieuse ! Encore que – il se pinçait le nez –, il aurait pu aussi s'occuper de leurs odeurs... Allons, remontons, mon garçon. »

Il n'était pas rare qu'ils croisent l'abbé dans l'escalier.

« Eh bien, l'abbé ? Comment allons-nous, ce matin ? »

Son teint était livide. Ses yeux brûlaient de fièvre :

« Bien... Bien... Les bêtes... Vous m'excusez, Dunan... Il faut que... Que je vérifie quelque chose. »

Un jour, le marquis descendait dans la cale. Il entendit qu'on y parlait latin. Il s'approcha sans faire de bruit et fut stupéfait de trouver l'abbé en train de lire la Bible aux bêtes et de les bénir en même temps.

*
**

Un soir que, une fois n'était pas coutume, le capitaine menait la partie des *toasts*, le marquis entreprit de lui faire part de la théorie stoïcienne du père Ginout. Il raconta Epictète et saint Paul tout comme l'abbé le lui avait dit, mais ses arguments tardaient à convaincre.

« Je ne prétends pas remettre en cause qu'il est dans la nature des choses que des hommes gouvernent et que d'autres obéissent, disait le capitaine. Mais durant toute ma carrière de lieutenant de galère, je peux vous assurer que je n'en ai pas rencontré beaucoup qui fussent comme votre... Comment l'appelez-vous, déjà ?... Epictète ? En tout cas, je ne me serais jamais avisé de briser la jambe de l'un d'eux sans m'être auparavant assuré qu'il fût parfaitement enchaîné... Aux Noirs, monsieur.

— C'est que vos hommes n'étaient ni philosophes ni bons chrétiens ! s'exclama le marquis. Sans quoi, je peux vous assurer que vous n'auriez pas eu à user du fouet ni des fers pour leur faire entendre raison. Au Roi, monsieur. »

Le capitaine sourit.

« Qu'ai-je dit de si drôle, capitaine ?

— Rien, rien... Je me demandais juste si la vôtre, de philosophie, vous permettrait de supporter seulement qu'on vous casse un doigt. Allons. Aux Noirs, monsieur. »

Cette répartie mortifia le marquis.

Le lendemain matin, alors qu'un fort vent de sud s'était levé, il demanda à Vasseur de faire monter les Noirs sur le pont où il les détacha lui-même.

Les Noirs restèrent un long moment interdits, bousculés par le vent, les yeux brûlés par le soleil.

Le marquis les observait les bras croisés. La voix du capitaine retentit : « Eh ! Là-bas ! Que faites-vous ? Arrêtez ! »

Le marquis tourna la tête. Il souriait.

« Attention ! », cria le capitaine. « Attention ! », cria Darville. Mais leurs voix se perdirent dans les haubans. Le marquis continuait de sourire. Lorsqu'il se retourna, le pont était vide.

Il lui fallut quelques instants pour comprendre que les Noirs venaient de se jeter par-dessus bord.

Daubignan s'était précipité contre le bastingage avec le reste de l'équipage. Là-bas, les Noirs roulaient dans la mer formée.

« Toi ! cria le capitaine à Daubignan. Pointe-les du doigt ! Ne les quitte pas des yeux ! Pointe ! Pointe ! » *L'Aurore* filait à un train d'enfer. « Le fréou ! Abattez le fréou ! » criait le capitaine. *L'Aurore* filait toujours. « Faites descendre la chaloupe ! Vite ! » Au loin, les têtes bondissaient dans la houle. « Dépêchez ! Dépêchez, bon Dieu ! » Les têtes parurent une dernière fois au sommet d'une vague et Daubignan ne montra plus que la mer.

*
**

Ce tragique incident mit un terme définitif aux relations entre les deux hommes. Il scinda aussi l'équipage en deux. Tandis que les uns étaient persuadés, avec le marquis, que c'étaient les cris du capitaine qui avaient effrayé les Nègres, les autres étaient convaincus, avec le capitaine, que le marquis était un imbécile.

Le soir, dans l'entrepont, les disputes étaient vives. Il n'était pas rare qu'on en vienne aux mains.

***

Quelques jours plus tard, ce fut au tour du père Bernard de disparaître. « Il était là il y a cinq minutes », dit Darville en montrant le bastingage. On le chercha partout, jusqu'au poste de hune.

Un heure plus tard, il fallut se rendre à l'évidence : l'abbé était allé voir si les poissons avaient une âme.

La mort de l'abbé affecta beaucoup le marquis. Mais elle eut au moins l'avantage de réconcilier l'équipage qui craignit unanimement que Dieu ait quitté *L'Aurore* en même temps que son ambassadeur.

***

Le 15 juin, peu après avoir franchi le tropique du Cancer, *L'Aurore* s'écarta définitivement des côtes africaines qui n'étaient plus, depuis plusieurs jours, qu'une succession de côtes désertiques et de falaises escarpées. Ils remontaient droit au nord, toutes voiles dehors, en direction de Madère.

XVII

Les vents les abandonnèrent le 20 juin alors que, d'après les estimations de monsieur Darville, ils ne se trouvaient plus qu'à une centaine de milles de Madère.

« Le capitaine ne croit pas que cette panne durera longtemps, dit Darville au marquis. Mais par précaution, il me charge de vous demander de bien vouloir rationner votre eau et celle de vos bêtes. Nous allons nous-mêmes mesurer la nôtre. »

Le marquis suivit d'autant plus volontiers les ordres du capitaine qu'il voyait dans son vin et son eau-de-vie « deux antidotes autrement délicieux que l'eau contre le dessèchement ».

⁂

Si le capitaine avait eu raison, le grand vent qui se leva le surlendemain leur fut défavorable. Des jours durant, il poussa *L'Aurore* vers le ponant.

Leur fuite fut entrecoupée d'interminables journées de calme plat. Les neuvaines, les promesses de faire donner des messes au retour, rien n'y fit. On regretta beaucoup le père Bernard.

Afin que les bêtes n'aient pas à trop souffrir de la chaleur qui régnait dans la cale, le marquis faisait régulièrement hisser leurs cages sur le pont et demandait à Vasseur de les bassiner d'eau de mer. Mais il s'aperçut bientôt que ce qu'il croyait leur être un remède leur était un poison. En séchant, l'eau laissait dans les poils de grandes quantités de sel. Les bêtes se frottaient aux barreaux de leur cage, parfois jusqu'au sang. Dans la chaleur humide de la cale, les plaies cicatrisaient mal. Les chairs à vif boursouflaient. Et ces cloques, lorsqu'elles venaient à crever, laissaient échapper un liquide jaunâtre et visqueux.

Le marquis eut beau supplier le capitaine de permettre à ses bêtes de demeurer jour et nuit sur le tillac, celui-ci refusa obstinément. « Passe encore qu'elles y restent quelques heures durant le jour. Mais la nuit, pas question. J'ai de très bonnes raisons de vous refuser ce que vous me demandez, monsieur. » Mais pour excellentes qu'elles fussent certainement, il ne prit jamais la peine de les lui expliquer.

Le soir, il n'était plus question du Louvre ni de Versailles, mais de ce despote qu'était le capitaine. Le marquis n'en finissait plus d'écrire des rapports qu'il destinait au Roi et dans lesquels il s'emportait contre l'attitude irresponsable de « ce marin qui ne méritait pas le titre qu'on lui avait donné ».

« Sa Majesté verra à quel point cet homme est

responsable de l'apparence de ses bêtes ! », s'emportait-il devant Daubignan. Il se servait d'eau-de-vie. « Avez-vous vu notre lion, Jean ? Un chat galeux : voilà ce qu'il est en train de devenir ! Et mon éléphant ! Un amas de mauvaises blessures ! Un écorcheur lui-même ne voudrait pas de ces bêtes ! »

*
**

Le 3 juillet, les vents les poussèrent enfin dans la bonne direction, et durablement. Mais leur joie fut de courte durée : après une nuit d'observation du ciel, Darville estima qu'ils avaient dérivé en direction du sud-ouest sur plusieurs centaines de milles. Ce qui les mettait désormais, à condition que le temps reste ainsi, à deux semaines de Madère, trois peut-être.

« Trop long ! bougonna le capitaine.

— Beaucoup trop long ! », renchérit le marquis qui se prit aussitôt à vouloir faire mentir les calculs de Darville. Deux jours et deux nuits durant, il resta enfermé dans sa cabine dont il ne sortit que pour venir prendre, sur le pont, de mystérieuses mesures.

Il reparut au matin du troisième jour. Son teint était blafard. Le capitaine et Darville attendirent longtemps ses conclusions. Mais soit que le marquis refusât d'admettre que Darville avait raison, soit que, et cela semble plus probable, il échouât à calculer quoi que ce fût, il ne les leur livra jamais.

*
**

Si, grâce à la prévoyance du capitaine, l'eau ne leur faisait pas encore défaut, sa qualité, elle, devenait chaque jour plus douteuse. Car l'eau, à force de demeurer à fond de cale dans des fûts surchauffés, s'altère comme le vin. La leur avait pris une couleur rousse et, malgré les addictions de chaux – ou à cause d'elles –, une odeur si dégoûtante qu'ils ne pouvaient plus la boire qu'en se bouchant le nez.

Plusieurs singes moururent de dessiccation, malgré les épices que le marquis faisait mélanger à leur brouet pour les forcer à boire. Tout le monde souffrait de diarrhées. On n'avait pas toujours le temps de gagner à la poupe la cage suspendue au-dessus de la mer. Il fallait nettoyer le pont sans arrêt. Les haubans s'étaient transformés en étendoirs à culottes.

*
**

Pour couronner le tout, le 15 juillet, le ciel s'assombrit à l'ouest et se mit à vibrer de tonnerre et de lueurs.

« C'est ce que l'on appelle un grain, n'est-ce pas ? demanda le marquis à Darville.

— Appelez ça comme vous voulez, répondit le capitaine. En tout cas, moi, je vous conseille de vous mettre à l'abri. »

Ce fut là-bas comme si le ciel s'effondrait dans la mer. Le vent qu'il fit en tombant leur vint comme une gifle. Et du point où il s'était enfoncé, la mer apporta de terribles remous. Le capitaine fit précipitamment virer à l'est, toutes voiles dehors.

La pluie les rattrapa la première, grosse d'abord, qui faisait en s'écrasant sur le pont comme des têtes de clou. Elle s'effila ensuite, mitraillant les visages et les mains. Le vent redoubla. La mer grossit. Le ciel prit une couleur de suie. Bientôt, ce ne fut plus de la pluie qu'il lança mais de la grêle ; ce ne fut plus de la mer qui roula sous *L'Aurore* mais un enchevêtrement de pics et de gorges.

Des heures durant, l'espace s'emplit de coups de tonnerre, de craquements et de mugissements dont il était difficile de savoir s'ils étaient ceux du vent, des hommes ou des bêtes. La tête de Daubignan heurtait les parois de sa cabine avec tant de violence qu'il craignait qu'elle finisse par s'y briser. Au milieu de ce vacarme, il entendait le marquis qui criait : « Ames du purgatoire, faites taire cette tempête et je vous donnerai deux louis ! » C'est alors que sa porte s'ouvrit : un matelot se tenait devant lui, les traits découpés par la lumière d'une lanterne. Les cheveux collés contre son crâne lui faisaient comme un casque : « Avec moi ! Vite ! »

Ils descendirent à la cale en longeant des galeries et des escaliers ruisselants. En bas, les cris et le désordre étaient épouvantables. Les bêtes hurlaient. Dans une lueur blafarde, les hommes s'activaient, de l'eau jusqu'aux genoux, à faire fonctionner des pompes. D'autres doublaient les cordages qui arrimaient les futailles et les cages pour éviter qu'elles aillent s'entasser sur un bord et coucher le navire.

Combien d'heures Daubignan resta-t-il à pomper dans cette caverne remplie de hurlements et de roulements de foudre ? La tempête n'en finissait plus. A force de patauger dans l'eau glacée, ses jambes étaient devenues insensibles. Ses bras lui faisaient mal. L'eau montait toujours. On ne savait plus d'où elle venait. Le navire gémissait comme une bête que la mâchoire d'une autre écrase. Le vent s'engouffrait en sifflant dans la cale, bousculait tout comme un fugitif qui se voit pris au piège.

Il se fit dehors un bruit plus épouvantable que tous les autres, comme un énorme coup de canon. Il y en eut d'autres, et d'autres encore. Les écoutilles s'embrasaient. Tout vibrait. On aurait dit que le ciel s'écroulait.

Ce n'était pas le ciel qui cassait. C'était la tempête. Peu après cette formidable canonnade, les craquements s'atténuèrent. *L'Aurore* roula avec moins de violence. Le tonnerre grondait comme un grand troupeau qui s'éloigne. Ça passait. Personne n'osait y croire. Quelques galops solitaires coururent encore au-dessus des têtes. Ça passait.

Tout d'un coup un rai de soleil tomba dans la cale. C'était passé.

***

Les hommes restèrent longtemps à se regarder sans rien dire, abasourdis par ce qui venait d'arriver. Et puis, lentement, ils se remirent à pomper. Alors, seulement, Daubignan prit la mesure du désastre. La plupart des singes gisaient dans leur cage, le crâne fracassé. Les autres, parce que leur cellule avait rompu leurs amarres et était tombée dans l'eau, s'étaient noyés. L'antilope était allongée sur le flanc, une patte prise entre les barreaux de sa cage et brisée de telle façon que l'os avait percé la peau. La girafe et l'éléphant ne bougeaient plus. Le lion et le léopard étaient morts. Les quelques bêtes qui avaient survécu se tenaient debout dans deux pieds d'eau, les yeux agrandis de terreur, figées comme des statues. Daubignan suffoqua. Il gravit l'escalier comme il put.

Sur le pont, le spectacle était désolant. Un mât avait été abattu, des voiles et des solives arrachées. Trois matelots avaient été emportés tandis que, le pont étant tout rempli d'eau, ils passaient par-dessus les bords du navire pour aller d'arrière en avant.

C'est alors que le marquis parut. Son front était barré d'une large estafilade. Sa chemise était ensanglantée. Ses yeux témoignaient encore de sa grande peur. « Eh bien ! tenta-t-il de sourire lorsqu'il vit

Daubignan, quel tapage ! » Puis, s'inquiétant : « Etes-vous descendu voir les bêtes, Jean ? Comment sont-elles ?

— C'est-à-dire que... Nous... Nous avons des pertes, monsieur, et... » Il n'eut pas le temps d'achever. Le marquis avait déjà disparu dans la cale.

*
**

Le marquis passa son après-midi au milieu des cadavres de ses bêtes, hébété, à boire des litres d'eau-de-vie. Chaque fois qu'il croisait leur regard, c'était comme s'il tombait dans un puits.

Vers le soir, le capitaine vint lui dire : « Il va falloir nous débarrasser de ces carcasses, Dunan. »

Le marquis ne répondit pas.

« Je comprends ce qui vous arrive, Dunan, s'adoucit le capitaine. Mais nous ne pouvons pas garder ces cadavres à bord : les épidémies...

— Je me fous de vos épidémies, de Cler. Allez au diable !

— Ne m'obligez pas à employer la force, Dunan... »

Le marquis se retourna brusquement. Ses yeux étaient rouges. On voyait qu'il avait pleuré.

« Vous ne toucherez pas un seul des poils de mes bêtes, de Cler, vous m'entendez, pas un seul !

— Allons, soyez raisonnable...

— Pas un seul, j'ai dit !

— Bon. Puisqu'il en est ainsi... »

Mais alors que le capitaine allait faire signe à deux de ses hommes d'empoigner le marquis, Daubignan intervint.

« Pardonnez-moi, monsieur le marquis... Si la providence n'a pas voulu que ces bêtes arrivent vivantes au Roi, qu'est-ce qui vous empêche de les lui montrer mortes ? »

*
**

Des jours durant, les grincements de la scie de Daubignan et les coups de son marteau se mélangèrent à ceux des hommes d'équipage qui réparaient les avaries. La tâche était énorme. Vasseur l'aida à vider les cadavres de leurs entrailles, à bâtir les armatures, à tailler des pupilles de verre et à plonger les peaux dans la solution que le garçon avait préparée en suivant la formule du vieux Moïse.

Dans sa cabine, le marquis avait repris espoir et la rédaction de son compliment. Parfois, sa voix descendait jusqu'à Daubignan, grave et mesurée :

« Sire, si j'ose offrir à Votre Majesté ces quelques bêtes... »

Le reste se perdait dans des cisaillements d'os et des craquements de jointures.

*
**

Ils touchèrent au port de Madère le 29 juillet. Ils y restèrent jusqu'au 4 août, le temps de réparer les avaries, de s'approvisionner en eau, en viande, en paille et en bois.

Ces quelques jours furent un supplice pour le marquis. Il tournait comme un ours en cage, reprochait au capitaine et à ses hommes de ne pas aller assez vite, ne trouvait rien à son goût, ni les plats que préparait Vasseur, ni le vin de Madère, ni le climat pourtant doux de cette île.

L'air s'emplit bientôt de détonations. Pour calmer son impatience, le marquis n'avait rien trouvé de mieux que de tirer sur les mouettes qui volaient autour de *L'Aurore.*

Enfin, le 4 août, à l'aube, ils levèrent l'ancre.

A la proue, monsieur de Dunan scrutait l'horizon, la main en visière, comme s'il cherchait à apercevoir déjà les girouettes du Louvre.

XVIII

Un matin, le marquis fit irruption dans la cale alors que Daubignan mettait la dernière main à l'empaillage du léopard. Il caressa son échine et puis : « Votre père serait fier de vous, Jean. »

Il n'était pas seulement venu vérifier l'avancée du travail de son ouvrier. Il venait d'achever son compliment et voulait lui en faire la lecture. Il chaussa ses besicles, mais alors qu'il allait commencer, il lui dit :

« Que diriez-vous si je prononçais ce discours vêtu d'une peau de singe ? »

Daubignan ouvrit des yeux ronds.

« Oui, que diriez-vous si je paraissais ainsi déguisé au milieu des autres bêtes et que, après être resté un moment immobile, je saute brusquement devant Sa Majesté ? Voici qui marquerait les esprits, non ?

— Heu... Certes.

— Bref, voici ce que je dirai. »

Il se racla la gorge :

« Sire. Si monsieur le marquis de Dunan ose

offrir à Votre Majesté ces bêtes d'Afrique, c'est moins comme un présent digne de ses regards que comme un gage de son dévouement au service de Votre Majesté. Ce sentiment seul l'a animé. Il ambitionnait l'honneur d'offrir un jour à son Roi ces quelques spécimens. La bonté qu'a Votre Majesté d'en agréer l'hommage met le comble à ses vœux, et ajoute à sa reconnaissance et à son dévouement pour l'Auguste Monarque à qui la France doit sa gloire et sa prospérité. »

Il s'arrêta, tout essoufflé.

« Voilà. Qu'en pensez-vous ?

— Eh bien...

— Ne vous a-t-il pas semblé entendre ici ou là quelque maladresse ?

— Non...

— Vous êtes certain ?

— Oui...

— Bien... Très bien... Et maintenant, tâchez de me trouver une belle peau, mon garçon. »

La plus grande que Daubignan possédait était celle d'un babouin mâle, d'une demi-toise environ. Il passa plusieurs jours à l'adapter aux proportions du marquis.

« Si vous ne trouvez pas de place auprès de monsieur Le Brun, s'amusait ce dernier tandis que Daubignan mesurait son entrejambe, vous en trouverez une chez Baraillon, le maître-tailleur du Roi ! »

Trois jours plus tard, le marquis enfilait son costume. Certainement cette tenue n'était pas parfaite. Faute de mieux, Daubignan avait allongé le cou, les bras et les jambes avec de la peau d'antilope. La peau du crâne s'adaptait mal à la forme de la tête du marquis. Les orbites correspondaient plus ou moins à l'emplacement de ses yeux.

Il resta longtemps sans rien dire devant son miroir à contempler la bête qu'il était devenu. « Eh bien, fit-il enfin – sa voix sonnait grave derrière le masque –, tout cela n'est pas si mal... »

Pour que l'illusion soit parfaite, il voulut aussi se familiariser avec la démarche et le langage des singes.

Jusqu'à ce qu'ils touchent au port du Havre, en même temps qu'il continua d'enseigner à Daubignan les règles du savoir-vivre et les subtilités du menuet, il s'entraîna à se déplacer et à grogner comme eux.

XIX

Les règles de quarantaine sont strictes pour un bateau qui revient d'un voyage au long cours, même si, comme le martela le marquis aux deux intendants de la Santé qui montèrent à bord, il transporte des bêtes destinées au Roi.

Ils les obligèrent à séjourner deux semaines au lazaret du Havre, vaste terrain boueux hérissé de cabanes et de maisons en ruine, aux limites nord de la ville et où le vent soufflait en permanence.

Pour tuer le temps, le marquis allait parfois se promener dans les ruines dont une partie s'étendait sur les contreforts d'une falaise. Il regardait la Seine qui s'écoulait dans la mer. Il aimait se dire que le fleuve avait un jour traversé Paris, frôlé le Louvre. Il pensait au Roi, aux palais qui l'accueilleraient bientôt, à sa gloire et à sa fortune.

Il mit aussi ces jours à profit pour s'occuper du voyage. Après avoir envisagé de remonter la Seine sur des barges, il décida de rentrer par la route.

Ce n'était pas seulement le capitaine du lazaret qui l'avait dissuadé d'emprunter ce fleuve aux crues soudaines et violentes. Il en était lui-même venu à se dire qu'il serait plus judicieux, pour sa gloire, de traverser la France à pied. En ménageant quelques étapes auprès de certains de ses amis et en leur présentant ses bêtes les plus étonnantes, il ne doutait pas qu'ils s'empresseraient de faire courir jusque dans les salons les plus fermés de la capitale le bruit de son arrivée.

Il passa des heures à tracer son itinéraire sur une carte, à écrire à ses amis, à marchander le prix de deux charrettes et à négocier, auprès du capitaine de Cler, celui des deux marins qui l'accompagneraient jusqu'à Paris.

***

Avant de courir jusqu'aux oreilles du Roi, sa notoriété se répandit d'abord au Havre. Des marins du port avaient raconté qu'un bateau avait rapporté des monstres gigantesques d'Afrique et qu'ils allaient être lâchés dans la ville. Du matin au soir, une foule de curieux mi-terrifiés, mi-fascinés se pressait aux portes du lazaret pour essayer d'apercevoir quelque chose. Parfois, un goupillon s'agitait au-dessus des têtes.

Si le marquis se réjouit d'abord de voir chaque jour grossir le nombre de ceux qu'il appelait « ses admirateurs », il finit par craindre que cette populace mette ses bêtes en pièces une fois sorties du lazaret. Il réclama vainement une escorte à l'Amirauté. Il embaucha alors trois marins supplémentaires, leur acheta des fusils et, lorsque l'autorisation de partir lui fut accordée, attendit le milieu de la nuit pour le faire.

La troupe se mit en route le 28 août, à trois heures du matin. La pluie qui n'avait pas cessé de tomber de tout le jour s'était arrêtée. Un grand vent d'ouest s'était levé. Il couchait les flammes des torches, faisait claquer les bâches des carrioles comme des fouets, emportait les hennissements des bêtes.

Ils longèrent les remparts de la ville sur plus d'une demi-lieue, empruntèrent d'épouvantables chemins remplis d'eau et de trous. Vers six heures, le vent faiblit. Le ciel blanchit. Le marquis ordonna une halte.

Au loin, recroquevillée derrière ses murailles toutes noires, le Havre s'éveillait dans une rumeur de cloches.

Lorsqu'ils repartirent, le ciel était devenu bleu. Il faisait une chaleur moite. Ils gravirent une route bordée de peupliers. Au sommet, le marquis vit une dernière fois la mer qui scintillait entre deux troncs, comme une plaque d'argent. Puis le chemin bascula vers la plaine et il n'y eut plus que la terre.

XX

Comme le marquis l'avait prévu, ses amis lui réservèrent un accueil que le Roi lui-même aurait pu envier. C'était à qui l'embrasserait le mieux, le nourrirait le mieux, le coucherait le mieux. Il faut dire que les bêtes qu'il leur présentait leur laissaient vite imaginer les grâces dont le Roi allait le combler et qu'il aurait été dommage de se brouiller avec lui.

Le marquis encombrait les soupers qu'on lui offrait de récits remplis d'animaux féroces, de chasses, de peuples étranges, de ciels incendiés et de mers démontées. Il mimait, rugissait, grondait, barrissait. Lorsqu'il estimait que son auditoire était suffisamment préparé, il faisait signe à Vasseur de faire entrer quelques bêtes qu'il avait fait installer sur des planches munies de roues.

Il avait demandé à Daubignan de réviser les positions de certains de ses spécimens pour qu'ils paraissent encore plus effrayants. Le garçon avait figé le lion comme s'il bondissait sur une proie, fait saillir les canines des singes, dressé la trompe de l'éléphant et ouvert la gueule du léopard de façon à pouvoir y glisser, le moment venu, un poulet ou un lapin fraîchement égorgé.

Généralement, le résultat ne se faisait pas attendre. Ces messieurs poussaient des cris, ces dames s'évanouissaient, les enfants pleuraient et le marquis riait beaucoup.

On se remettait à grands coups de liqueurs et d'éventails. Le marquis, s'inspirant d'Hérodote, reprenait son discours : « Savez-vous que le lion a le pouvoir d'effacer les traces de ses pas avec sa queue quand il fuit devant un chasseur ? Que certains singes se touchent comme des hommes ? »

Ces messieurs l'écoutaient avec passion. Ces dames aussi, qui se surprenaient à ne pas trouver ces monstres aussi terrifiants qu'elles l'avaient d'abord cru.

Lorsque, au terme de ses représentations, le marquis pouvait enfin gagner le lit qu'on lui avait réservé, il n'était pas rare qu'il le trouve occupé par une dame qui voulait se faire décrire une dernière fois la beauté du ciel africain.

*
**

A mesure que le marquis approchait de Paris, ses hôtes lui donnaient de plus amples détails sur les événements importants qui avaient marqué la vie de la Cour durant son absence. A Fleury-sur-Andelle, le marquis de Pirau, un gros homme toujours soufflant et transpirant, lui apprit que, au début de l'année, le Roi était allé vérifier les systèmes de défense de Dunkerque, de Lille et de Tournai en vue d'une éventuelle guerre contre la Hollande.

A Gisors, la comtesse de Mélisy lui expliqua que la coiffure qui faisait autorité à la Cour en ce moment était la coiffure dite « bretaudée » : cheveux frisés coupés très court sur toute la tête.

A Marines, madame de Créqui lui affirma en riant que cette coiffure était depuis longtemps abandonnée et qu'on ne pouvait se présenter en société que les cheveux séparés en deux parties et étagés de chaque côté de la tête.

A Pontoise, le vieux marquis de Cabannes lui raconta que le Roi avait séjourné à Versailles durant le mois de juillet.

A Saint-Denis, le baron de Marande ne lui apprit rien, sinon qu'il avait été avisé qu'une troupe de mousquetaires venait à sa rencontre pour l'escorter jusqu'au Louvre où Sa Majesté l'attendait avec curiosité et impatience.

Ah ! Que la joie du marquis fut belle à voir ce jour-là.

*
**

Le capitaine des mousquetaires était un homme à la silhouette aussi fine que sa moustache. Il tenait ses sourcils souvent froncés et sa main gauche toujours fermée sur la poignée de son épée. Ce personnage impressionna beaucoup le marquis. « Il me rappelle le maréchal de La Ferté, dit-il à Daubignan un soir. Cet homme avait une allure qui forçait le respect. Il passait au milieu de nous la tête haute, dans un grand bruit de bottes et de médailles, indifférent aux murmures d'admiration qui montaient derrière lui. J'ai croisé son regard, une fois. Je n'en ai jamais oublié l'éclat ni la force. Ses détracteurs disaient qu'il confondait grandeur et orgueil. Je crois, moi, qu'ils supportaient mal d'être négligés par lui, voilà tout. En tout cas – il se prit à sourire –, lorsqu'il nous arrivera à nous aussi d'avoir à subir les attaques d'une partie de la Cour, faites comme le Maréchal : considérez-les avec dédain plutôt qu'avec humeur. Ce sont des morsures de jaloux. »

XXI

Ils arrivèrent à Paris le 11 septembre au matin, sous les regards de gens étonnés de voir passer à vive allure devant eux deux charrettes encadrées de mousquetaires avec, sur le siège de la première, un homme qui les saluait comme s'il avait été le Roi.

Ils passèrent la porte Saint-Denis et empruntèrent des ruelles étroites et sombres. Au-dessus d'eux, le ciel ne se réduisait plus qu'à quelques rectangles de couleur blanche. Derrière eux, les bêtes étaient si violemment secouées par les cahots des pavés qu'on aurait dit qu'elles étaient vivantes.

Le marquis n'en finissait plus de sourire. Au milieu des cris, des grincements, des injures de gens qu'il forçait à trouver précipitamment refuge dans l'encadrement d'une porte, il décrivait la ville à Daubignan comme si celui-ci n'y avait jamais été. Il s'étonnait de tel aménagement, se réjouissait de revoir tel bâtiment, se désolait de retrouver tel autre. Il ne s'arrêtait de parler que pour saluer des dames ou en suivre d'autres du regard.

« Ah ! Paris ! Jean... Paris ! A-t-on jamais vu quelque chose d'aussi beau ? »

Ils avancèrent ainsi jusqu'au moment où ils virent les girouettes du Louvre surgir par-dessus les toits. « Nous y voici ! » fit le marquis. Il resta un moment la bouche ouverte comme s'il voulait parler encore. Mais aucun son n'en sortit.

« Monsieur le marquis ? »

Il se ressaisit brusquement, comme s'il sortait d'un rêve immense. Il se tourna vers Daubignan, lui sourit, et puis il disparut au fond de la carriole pour enfiler son costume.

*
**

La cour dans laquelle ils pénétrèrent était extraordinaire. Mais plus que l'architecture, ce fut la foule qui impressionna Daubignan. Partout, ce n'étaient qu'hommes et femmes en train de rire et de parler. Tous les regards se tournèrent vers l'équipage qui venait de paraître. Les voix se confondirent un instant dans une sorte de long murmure. Puis la clameur reprit et les gens se pressèrent contre la haie que formaient les gardes suisses.

Dans la carriole, le marquis avait pratiqué un trou dans la bâche. Il regardait la foule comme un comédien regarde son public derrière un rideau avant d'entrer en scène. Parfois, il s'écriait : « Oh ! Jean, là-bas, regardez ! L'homme avec le chapeau de plumes rouges et jaunes, c'est Colbert ! Et là, celui avec le pourpoint bleu et la culotte verte, c'est Condé ! Et là-bas ! Madame de Lionne ! Et derrière elle... Ah sacrebleu !, ce fichu masque ne tient pas en place... »

Ils avançaient à grand-peine, malgré les cris des mousquetaires et les poitrails de leurs chevaux. Lentement, pourtant, la résistance faiblit. Soudain, ce fut comme si une digue avait cédé. Ils se retrouvèrent sur une grande étendue de pavés nus. Devant eux, sur la dernière marche du perron, le Roi les attendait avec, couchés à ses pieds, trois énormes chiens. Dans l'ombre, monsieur de Dunan attendait, lui aussi. Il avait pris la même posture que le gorille que les Daubignan lui avaient présenté autrefois : assis et le menton dans une main.

Daubignan descendit de la charrette. Comme ils en étaient convenus, il s'avança devant le Roi, le salua et frappa dans ses mains. Les hommes firent glisser les bâches.

Il se fit, dans la foule, un « Oh ! » qui dura longtemps. Le Roi lui-même fut stupéfait du spectacle qui s'offrait à lui. Ses chiens se redressèrent et se mirent à gronder. D'un geste, Il leur ordonna de se taire. Il s'avança, descendit une marche. C'est le moment que choisit le marquis pour sauter à terre en poussant un grand cri.

La foule eut un mouvement étrange, comme un reflux contrarié. Il y eut des cris, des « Ne poussez pas ! », des « Que se passe-til ? » et puis quelqu'un s'écria : « Le Roi ! Cette bête va tuer le Roi ! » Alors, la panique fut partout. Les mousquetaires tirèrent leur épée. Des femmes s'évanouirent, des hommes tentèrent de s'enfuir. Des Suisses s'interposèrent entre ce monstre et le Roi que l'on entraînait précipitamment vers le palais.

Les chiens, affolés par les cris de la foule, décontenancés par l'absence de leur maître, ne savaient pas s'ils devaient fuir ou se jeter sur cet animal qui s'était immobilisé et les regardait droit dans les yeux. Ils restaient là, à grogner, le poil hérissé, la queue entre les pattes, l'œil noir et soudain, ils se précipitèrent sur le marquis. Le choc fut très violent. Le marquis fut jeté à terre. Il disparut dans un enchevêtrement de pattes et de queues. Il appela à l'aide, mais ses cris se perdirent dans les grognements des bêtes et les hurlements de la foule. Daubignan voulut courir vers lui, mais un garde le retint. Le marquis parvint à se mettre à quatre pattes. Son costume avait craqué, révélant des morceaux de peau. Le masque avait bougé. Il n'y voyait plus rien. Il criait, agitait les bras comme s'il voulait se débarrasser d'un essaim de mouches. Un chien lui bondit sur le dos, l'écrasa de sa masse. Les autres le saisirent au bras et à la gorge. La meute s'acharna sur lui de longues minutes.

Lorsqu'on parvint à l'éloigner, le marquis ne bougeait plus.

*
**

L'agonie du marquis fut longue. Les chiens s'étaient à ce point acharnés sur lui que les médecins appelés à son chevet ne purent complètement le démêler de son costume de singe.

L'après-midi même, la cour se mit à bruire de rumeurs diverses. Certains affirmaient que ce singe avait été dressé pour tuer Sa Majesté et suspectaient déjà les commanditaires de ce crime. D'autres racontaient à voix basse, l'œil effrayé, qu'ils avaient entendu cette bête parler comme un homme, et voyaient les doigts crochus du diable s'agiter derrière ce prodige. D'autres encore faisaient courir les portraits de cet animal qu'ils avaient réalisés de mémoire avec, en sous-titre, « Le Monstre du Louvre, d'après nature ».

Le marquis mourut le lendemain de son arrivée, sans avoir repris conscience.

Quant à ses bêtes, le Roi ne les trouva pas à son goût. « Sans doute ces empaillages sont-ils étonnants, fit-Il à monsieur de Bassancourt durant le souper. Mais cette violence, ces canines acérées, cette sauvagerie... Tout cela est bon pour le vulgaire. »

On les entreposa dans une cave du palais au milieu d'un bric-à-brac de meubles empoussiérés et de pendules arrêtées. Et on les oublia.

On les retrouva quelques années plus tard, le jour du grand déménagement à Versailles. Les peaux avaient craqué. Les pupilles de verre s'étaient décollées. Le bois était vermoulu.

On les brûla.

Du même auteur :

Romans, récits, nouvelles

MONSIEUR LE JARDINIER, récit, Grasset, 1999 ; Le Livre de Poche.

LA PASSE AU DIABLE, *roman*, Grasset, 2002 ; Le Livre de Poche.

LE VAL CLOS, avec des gravures de Christine Gendre-Bergère, *nouvelle*, La Hune-Brenner, 2006.

JEAN-JACQUES, *conte philosophique*, Grasset, 2008.

Biographies, essais

LUC DIETRICH, Le Temps qu'il fait, 1998.

RENÉ DAUMAL, L'ARCHANGE, avec Jean-Philippe de Tonnac, Grasset, 1998.

BORIS VIAN, Le Chêne, coll. « Vérité et légendes », 1999.

LUC DIETRICH : BIOGRAPHIE, Grasset, 2011.

Bandes dessinées

LE MAÎTRE DE PEINTURE, avec Pierre Makyo et Michel Faure, 3 tomes, Glénat.

LE PEUPLE DES ENDORMIS, avec Didier Tronchet, 2 tomes, Dupuis, coll. « Aire libre ».

LA BATAILLE, avec Ivan Gil, 3 tomes, Dupuis.